KB110826

혼자는
천직
입니다만

<놀놀놀: 놀 것과 놀라움이 가득한 글 놀이터> 독자에게 보내는 집필 제안서

우리 삶에는 항상 놀 것과 놀라움이 가득합니다. 누군가에게는 라면이, 누군가에게는 공포소설이, 누군가에게는 퇴근 후 달리는 상쾌함이 살아갈 의미로 작용합니다. 우리 모두에게 있는 바로 그 '놀 것'과 '놀라움'을 글로 풀어낼 수 있는 '놀이터'가 <놀놀놀> 시리즈입니다. 독자 여러분 가슴 속에 있는 놀 것과 놀라움에 대한 이야기를 환영합니다.

• • •

형식: 자신만의 지식과 경험을 바탕으로 한 소확행의 생활 에세이
분량: 원고지 350~400매(6만~7만 자)
주제: 자유
시리즈 예상 소재: 고양이, 오르골, 시계, 짜장면, 기차여행, 무라카미 하루키, 마카롱, 피규어, 떡볶이, 제주도, 파스타, 스타벅스, 반려견 등 자신만의 놀 것과 놀라움
보내실 곳: bookocean@naver.com

혼자는 천직입니다만

초판 1쇄 인쇄 | 2020년 2월 20일
초판 1쇄 발행 | 2020년 2월 27일

지은이 | 양수련
펴낸이 | 박영욱
펴낸곳 | 북오션

편 집 | 이상모
마케팅 | 최석진
디자인 | 서정희 · 민영선

주 소 | 서울시 마포구 월드컵로 14길 62
이메일 | bookocean@naver.com
네이버포스트 | post.naver.com/bookocean
전 화 | 편집문의: 02-325-9172   영업문의: 02-322-6709
팩 스 | 02-3143-3964

출판신고번호 | 제313-2007-000197호

ISBN 978-89-6799-514-0 (03810)

이 도서의 국립중앙도서관 출판예정도서목록(CIP)은 서지정보유통지원시스템
홈페이지(http://seoji.nl.go.kr)와 국가자료공동목록시스템
(http://www.nl.go.kr/kolisnet)에서 이용하실 수 있습니다.
(CIP제어번호: CIP2020004846)

*이 책은 북오션이 저작권자와의 계약에 따라 발행한 것이므로 내용의 일부 또는 전부를
 이용하려면 반드시 북오션의 서면 동의를 받아야 합니다.
*책값은 뒤표지에 있습니다.
*잘못 만들어진 책은 구입하신 서점에서 교환해 드립니다.

양수련 지음

혼자는
천직
입니다만

상상의 세계에서
현실을 꿈꾸며
살아가고 있습니다~

📖
북오션

상상력 결핍의 아이

있는 듯 없고 없는 듯 있는 조용하고 얌전한 아이. 가만 두면 괜찮지만 잘못 건드리면 폭탄처럼 폭발하고 마는 아이. 하늘이 두 쪽으로 갈라지고 땅이 꺼지지 않는 한 자기가 맡은 일에 우직한 아이.

융통성도 없이 고지식하고 고리타분 하기만 한 바로 내 모습이다. 내가 기억하는 학창 시절의 나는 그랬던 것 같다. 책임감 하나는 막강한. 지금도 별반 크게 달라진 것 같지는 않지만.

시골의 읍에 있는 중학교를 졸업한 나는 집을 떠나

대전에서 고등학교를 다녔다. 장녀와 장남을 제끼고 둘째인 내가 집을 떠나 학업을 이어가는 일은 집안 형편을 떠올리면 꿈도 꿀 수 없는 일이었다. 내가 빼어나게 공부를 잘했다거나 영재였던 것도 아니다.

부모가 계신 집을 그냥 떠나고 싶었다. 돌이켜보면 운이 좋았다. 교육열이 높은 엄마와 내 선택을 실행에 옮길 수 있게 안팎으로 도와준, 지금은 돌아가신 할머니의 공이 컸다. 그분들이 내게 새로운 세상을 열어준 것이다.

집도 몇 채 안 되는 시골 마을에 살던 내게 대전은 위용스러운 큰 도시였다. 그곳에 천주교 사제인 삼촌이 계셨고 입학날까지 거처를 따로 마련하지 못한 나는 사제관에서 한 달을 머물렀다. 그리고 하숙집을 구해 뒤늦게 사제관을 나왔다.

내 인생의 큰 사건 하나는 하숙집에 입주한 그 첫날 밤에 일어났다. 한동안 비워져 있던 방. 그때만 해도 연탄은 흔하게 사용되던 연료였고, 내가 잠든 방으로 연탄가스가 침입한 것이다.

다음 날, 등교 시간이 되었음에도 나는 깨어나지 못했다. 하숙집 주인은 나를 깨우러 왔다가 연탄가스에 중독된 나를 발견했다. 그는 부랴부랴 나를 병원으로 옮겼다.

　병원에서 깨어났을 때, 내 팔에는 링거 바늘이 꽂혀 있었다. 정신이 돌아온 내가 한 일은 주삿바늘을 빼고 침상에서 내려오는 것이었다. 말리는 간호사의 손을 뿌리치고 내가 찾아간 곳은 학교였다. 죽지 않았고 몸을 움직일 수 있으니 내게는 당연한 일이다.

　정오 무렵, 그 시간에 나는 교실에 있어야 했다. 그것이 연탄가스에 중독되었다가 깨어난 내 분명한 생각이었다. 하지만 담임은 교실에 나타난 나를 보자 왜 왔냐는 듯, 황당한 표정을 지었다.

　그런 담임을 나는 더 이상한 눈길로 바라봤다. 휴일도 아니고 내가 움직이지 못하는 것도 아닌데 출석해야 당연한 것 아닌가.

　그날의 내 생각만큼은 그랬다. 연탄가스 중독이고 뭐고 나는 교실에 앉아 마지막 수업까지 다 듣고서야 귀가했다.

　늦은 밤까지 교실에 남아 자율학습을 하던 어느 날이다. 그때는 어느 학교나 입시를 위한 야간 자율학습이 이뤄지던 시절이었다.

　문제는 오후 무렵부터 내 아랫배가 살살 아프기 시

작했다는 것이다. 학교 수업이 끝나갈 때쯤엔 복통이 더욱 심해졌다. 몸 상태로 보아 교실에 남아 야간 자율학습을 하는 것은 어려울 듯했다.

그래도 정규 수업은 마쳤으니 집에 가서 쉬는 게 낫겠다 싶은 것이다.

"선생님, 야간자습은 아무래도 힘들 것 같아요. 배가 좀 아파서……."

담임은 나를 보며 대수롭지 않게 피식 웃어 넘겼다. 그러고는 정체도 모를 노란 알약 두 알을 내게 건넸다.

꾀병을 부린다고 생각한 모양이다. 그런 학생이 있기도 했겠지만 꾀병과 나는 거리가 멀어도 한참 멀었다. 내 엉덩이에 가득한 수포를 발견한 엄마가 이렇게 되도록 왜 말을 안 했느냐고 야단하는 것을 들으며 자랐으니까. 아파도 참을 수 있다면 내가 말을 꺼내지 않는다는 사실을 담임은 몰랐다.

아무튼 나는 담임이 준 알약을 먹고 책상에 앉아 교과서를 펼쳤다. 사달은 얼마 못 가 벌어졌다. 약이 제 기능을 발휘하지 못했다.

내 책상과 교실 바닥이 한순간에 나의 토사물로 흥건해졌다. 내 얼굴은 핏기 하나 없는 새하얀 색이 되고 말았다.

담임이 득달같이 교실로 달려온 것은 말할 것도 없다.

"미련하기는……."

담임은 자신의 실책을, 미안함을 그렇게 표현했다.

어서 집에 가라고 교실을 엉망으로 만들고 나서야 내 등을 떠밀었다. 내 토사물을 그대로 방치하고? 발길이 떨어질 리가 있나.

그러나 그런 일이 있은 후로 나를 보는 담임의 눈빛이 달라졌다.

"유리창이랑 복도 청소 다 끝냈어요, 선생님. 친구들 과제물도 다 모았고요."

"그래? 네 말이니 확인은 안 하마. 가도 좋아."

담임의 말에는 '너니까 믿는다'가 기저에 깔려 있었다. 담임은 나를 불신했던 것에 대한 미안함의 발로로 그렇게 말했을 것이다.

내 말을 믿는다는 거야? 검사도 하지 않고?

담임의 무한 신뢰를 얻은 나는 별것도 아닌 일에 기분이 우쭐했다. 자라오는 동안 내 말에 거짓은 섞이지 않았다. 그렇다고 너니까 믿는다는 신뢰의 말을 들어본 적도 없었다.

어쨌든 그날의 토사물 사건 이후로 담임은 내가 하는 말이면 앞뒤 재지 않고 무조건 신뢰했다. 내가 팥으로 메주를 쑨다고 해도 믿었을 것이다. 시늉은 했겠지 싶다.

한편으로 호기심이 일었다. 담임의 믿음을 기반으로 내가 거짓말을 한다면 어떤 일이 벌어질 것인가? 궁금했다. 동시에 나의 생각은 삐딱한 상상으로 번져갔다.

매사 곧이곧대로인 내 일상에 설레고 흥미로운 균열이 찾아들기 시작했다. 가정하는 일은 상상력을 키우는 일이고 그 일은 즐겁고 때때로 내게 통쾌함을 선사하기도 했다.

상상!

그것은 어두운 방에 들어앉은 내게 문틈으로 들이치는 휘황찬란한 빛과도 같았다.

영등포 일대가 홍수로 물바다가 된 그때에도 나는 평범한 다른 날과 같이 출근이란 것을 했다. 내 무릎 밑까지 오는 도로의 물을 가르며 사무실에 도착하고 보니 출근한 직원은 나 혼자뿐이었다.

시간이 흘러도 나의 고지식한 성격은 쉽게 변화하지 않았다. 천성은 쉽게 변하는 것이 아니다.

상상의 세계에 입문함과 동시에 천재적인 재능을 발

휘한 이들도 있겠으나 나는 그런 부류에서 한참을 벗어났다. 내 상상의 빛이 문틈으로 들어왔음에도 내 상상력의 세계는 오랫동안 내 인생에서 도피해 있었다.

원칙주의자인 내가 상상의 세계에서 달인이 되는 일은 언감생심. 그러나 지금의 나는, 내 일상에서 길러낸 상상력들을 찾아 더디게, 더디게 작가의 길로 들어섰다.

작가의 거짓말은 상상력으로 포장되고 곧잘 창작으로 승화된다. 작가의 능숙한 거짓말은 이야기 안에서 진실이 되는 마법을 부리기도 한다.

나는 거짓말을 잘 못하는 작가다. 다시 말해 상상력의 결핍. 미리 알았다면 작가가 되기를 꿈꾸지 않았을지도 모르겠다. 하지만 혼자 보내는 것을 즐겨하는 내게 작가는 좋은 직업이다. 작가의 안 좋은 점 열 가지가 있더라도 내게는 그 한 가지 좋은 점이 최상이다.

혼자서 보내는 시간이 무료하지 않다는 것.

여기에 실린 글은 거짓말에 미숙했던, 작가가 될 줄은 몰랐던 어느 작가의 성장기에 다름 아니다. 거짓말을 능숙하게 하고 그것이 창의력이 되기를 바라던.

내 딴에는 치열하게 지나온 날들이지만 내 짧은 인생을 누군가는 스낵처럼 즐길 수도 있겠구나 싶다. 무게

잡지 않고 거드름 피우지 않고 내 삶의 이야기를 늘어놓는다.

돌아보는 생은 늘 찬란하다. 아프면 아픈 대로, 서러우면 서러운 대로, 고지식하여 미련하면 미련한 대로의 원석처럼. 내 앞의 삶도 그럴 것이다. 혹독하면 혹독한 대로 지나고 나면 찬란한 것이 될 것이다.

그럴 것이다. 그 전에 거짓말을 좀 잘해보고 싶다.

진실이 되는 거짓말을……

차 례
Contents

Chapter 3 당황스럽게시리

Chapter 4 즐겁게시리

1

Chapter

소소하게시리

"나는 상상한다.
고로 나는 자유로움 그 안에 존재한다."

_ 로렌스 더럴

인연이 좀
남다른 집에 삽니다만

언니는 내가 이사할 집이 어딘지 확인이나 해보자며
앞장섰다.

한번도 내려본 적 없는 낯선 동네의 버스정류장에서
나는 길 잃은 아이처럼 두리번거렸고 불안한 눈동자와
긴장된 마음을 애써 진정시켰다. 그 사이 언니는 대로변
의 안쪽 골목으로 사라지고 있었다.

쓸쓸한 겨울의 살풍경에 홀로 부려진 기분이었다.

막 여름이 들어선 길목. 아는 사람 하나 없고 기시감
이라고는 전혀 들지 않는, 나와는 거리가 먼 동네. 좀처

럼 와닿지 않는 마음에도 머뭇거릴 짬은 없었다. 나는 언니의 꽁무니를 찾아 뒤쫓았다.

내 생애의 첫 가출이 자행되고 일 년을 기다려 얻은 독립이다. 나의 독립은 청춘의 설렘이 아니라 이제 정말 혼자구나 싶은 노년의 고독처럼 그렇게 찾아왔다.

일 년 전. 평범하기 그지없던 어느 날 아침이다. 나는 노트북과 여벌 옷 하나를 챙겼다.

가출을 결심한 터다. 뭐어, 나이 마흔에? 내가 생각해도 기가 차고 코가 막혀 웃음이 터질 일이다.

사정을 모르는 사람이라면 오해할 수도 있다. 마흔에도 가출을 할 수 있지. 육아 스트레스를 받아서거나 고부갈등 그것도 아니면 남편과 다퉜다면? 그래도 엄마가 애 두고 집을 나가는 건 아니라고 완곡한 설득을 하려고 들지도 모른다.

내겐 그 어떤 것도 해당 사항이 아니다. 나는 비혼이다. 내 마흔의 가출은 그래서 쌍수 들고 환영해야 될 일인지도 모른다. 그 나이 먹도록 독립을 안 했다는 거니 말이다.

아무렴, 가출도 독립이라면 독립이다.

돌이킬 수 없는 일은 그날 벌어졌다. 내가 노트북과

여벌의 옷이 든 짐을 챙기던 그날 아침에.

주방에 있던 언니가 느닷없이 조카와 함께 쓰는 내 방으로 쳐들어왔다. 이불 속에 있던 나는 영문도 모르고 자다가 얻어맞았다. 부모의 매도 맞아본 적 없는 나로서는 당황하기만 했다.

그런 와중에도 나는 언니의 화를 침묵으로 감내했다. 부모 밑에서 살 때도 그랬지만 결혼한 언니의 집에 얹혀사는 동안에도 나는 조용한 동생이었다. 집 안에서는 어떤 큰소리도 나지 않아야 한다. 그것을 신념처럼 여기며 지내왔다.

내가 긴장하고 날을 세워야 하는 곳은 가족이 있는 집이 아니다. 밖에 나가서야 할 말은 한다지만 집 안에서는 내 생각과 주장을 앞세우고 싶지 않았다. 집에서만큼은 평화롭고 싶었다. 언니와 형부 그리고 조카들의 말을 들어주고 그들을 편들어주는 것은 어쩌면 내게 당연한 일이다.

사람이 죽고 사는 문제도 아닌데 나와 함께 사는 가족과 언성을 높이며 신경을 긁어댈 일이 무엇이란 말인가. 자매끼리는 곧잘 다투기도 한다지만 적어도 언니와 나는 그런 관계가 아니다.

돌아보면 부모와 산 날보다 언니와 산 날이 내겐 더

길다. 언니는 내게 또 다른 엄마나 진배없다.

대학에 다니던 시절, 언니에게 백만 원을 요구한 적이 있다. 국문학은 처음부터 관심이 없었다. 담임에게 쓴 편지 한 통이 내 발목을 잡았다. 내가 국어국문학과를 가게 된 배경이 거기에 있지만 여기선 그냥 묻어둔다.

그때의 나는 전공과 상관없는 패션디자인을 배우고 싶은 마음에 몸이 달았다. 어떻게 하면 배울 수 있을지 답도 없었다. 아무리 봐도 돈 나올 구멍은 없었지만 병원에 다니던 언니가 그래도 만만해 보였다.

"그 많은 돈을 뭐에 쓰려고?"

"내 인생에 투자를 좀 할까 해."

참 겁도 없다. 무슨 배짱에 그런 사기꾼 같은 말을 했는지 알다가도 모를 일이다. 그랬음에도 언니의 대답은 뜻밖이었다.

"네 인생에 고작 백만 원밖에 투자를 안 한다고?"

헉! 언니는 내가 생각했던 것보다 배포가 컸다. 그 당시로 백만 원은 내 대학 등록금의 두 배가 넘는 돈이었으니 결코 적은 돈이 아니다.

언니는 무슨 생각인지 구구절절한 토를 달지도 않고 내게 학원 등록금을 내줬다.

대학을 다니는 동안에도 나는 의류학과 학생들이 있

는 강의실에서 시간을 보냈다. 지금은 의류업계와 전혀 상관없는 글쟁이가 됐지만 말이다.

그때는 왜 그토록 그것이 하고 싶었는지 알다가도 모를 일이다.

대학을 마치고는 결혼한 언니의 신혼집에 안착했다. 언니는 몇 해만 데리고 있으면 내가 결혼해 나가겠지 하고 생각했다.

함께 사는 날들이 언니의 생각보다 길어졌다. 언니는 형부와 뜻이 안 맞아 다툼이라도 하는 날이면 결혼하지 말라고 조언했고 둘의 사이가 좋을 때면 어서 결혼하라고 나를 종용했다.

아무튼 나는, 마흔이 되도록 형부와 조카가 둘씩이나 있는 언니의 집에서 북적거리며 지냈다.

그날.

그러니까 언니의 노여움이 나를 향한 그날 말이다. 울컥한 감정이 불쑥 솟기도 하는 그 순간처럼 언니의 노여움이 급작스럽게 솟구쳤다. 마음은 변덕쟁이고 스스로 달래지 못할 때가 있다. 언니의 화를 나는 그렇게 내 멋대로 해석했다. 문제는 그 다음이었다.

뜻밖의 내 감정과 내가 마주하게 된 것이다. 가출은

커녕 사춘기 반항이 뭔지도 모르고 지나간 답답한 인생이라면 인생이었다. 어른이 되지도 못한 채 공짜라고 넙죽넙죽 받아먹은 내 나이가 사달을 낼 줄은 정말 몰랐다.

언니의 이해할 수 없는 분노가 나를 비참함으로 몰아넣은 것은 두말할 것도 없다. 나는 당장 필요한 것들을 챙겨 집을 나섰다.

내 마흔의 가출은 그렇게 이뤄졌다. 언니네 집을 나와 내가 갈 곳은 마땅치 않았다. 한참을 거리에서 보낸 나는 예전에 다니던 회사 동료에게 전화를 걸었다. 며칠만 묵게 해달라는 말에 엘은 흔쾌히 괜찮다고 답했다.

십 수 년을 언니 집에 살면서 외박은커녕 밤 열두 시를 넘겨 귀가한 날도 손에 꼽을 정도다. 그랬던 내가 그날은 아무 말도 없이 외박했다. 언니는 모르는 가출.

나는 엘의 집에서 낮에는 원고를 쓰고 엘이 퇴근하면 함께 시간을 보냈다. 언니도 나도 서로를 찾지 않았다.

언제 들어올 거냐는 언니의 문자는 집을 나온 지 나흘 만에 왔다. 언니의 뜬금없는 화풀이 대상이 된 내 자신이 한심했지만 가만 생각해보면 마흔이 되도록 내가 철이 안 든 까닭이기도 했다.

온전한 내 인생을 살아보지도 못하고 삶이 끝날지도 모르겠다. 죽을 때까지 언니의 인생에 더부살이하는 동생으로 내 생을 마치게 될지도 모른다.

참으로 늦된 깨달음이었다.

- 독립하고 싶어.

언니의 답장은 바로 오지 않았다.

- 집에 들어와서 얘기해.

몇 분의 침묵과 정적이 흐른 다음이었다.

그리고 가출 일주일 만에 나는 언니네 집으로 돌아왔다. 집을 나가던 그날처럼 돌아온 날에도 나는 귀가 인사는 하지 않았다. 처음부터 아무 일 없었다는 듯이 언니와 나는 밤을 보냈다.

형부가 출근하고 조카들이 등교한 다음 날, 나는 언니와 마주했다. 처분만 기다리는 죄인처럼 무슨 말이 나올지 나는 마른침만 꼴깍꼴깍 삼켰다.

"지금 이 기분으로는 널 내보낼 수 없어. 나가더라도 지금의 안 좋은 마음이 풀리고 예전의 관계가 회복된 다음에 널 분가시켜도 시킬 거야."

언니는 나의 분가를, 나의 독립을 일 년 뒤라고 못 박았다. 얼마 안 되는 돈일망정 언니는 내 자산관리인이고 언니가 돈을 내주지 않는 한 내 분가는 어림도 없는 일이었다.

나는 알았다고 고개를 끄덕였다.

그리고 탄성을 회복한 고무줄처럼 언니와 나는 아무 일도 없었던 듯 예전의 관계로 돌아갔다. 그렇게 일 년의 시간이 금방 지나가고 내 독립의 날은 코앞으로 다가왔다.

언니는 오래 전에 사둔 빌라를 찾아 주택단지 골목을 헤집었다. 처음부터 언니는 세입자의 계약 만료 시점에 맞춰 내 분가를 염두에 두고 있었다.

이런 동네가 다 있었네, 하는 표정으로 언니는 앞서 걸었다. 집을 보지도 않고 사뒀다는 말에 나는 어이가 없어 코웃음이 좀 나긴 했지만 농담할 기분은 아니었다.

"아, 저기다!"

언니가 건물 하나를 가리켰다. 언니의 손끝을 따라 내 눈길이 건물에 가 닿았다.

내가 올려다 본 건물의 어느 베란다 창문가. 달과 별 그리고 동화에나 나올 법한 귀여운 동물들이 인쇄된 밝은 하늘색 시트지가 붙어 있는 유리창이 내 눈에 각인되었다.

아, 저 건물이구나.

건물로 들어선 나는 왠지 모를 불편함을 느꼈다. 층마다 네 개의 현관문이 어깨를 나란히 하고 있는 것부터 그랬다. 네 집이 현관문을 동시에 열기라도 하면 그 안에서 나온 사람들이 서로 얽혀 옴짝달싹 못할 것이다.

나란한 네 개의 현관문을 마주한 나는 미지의 낯선 세계에 들어선 기분이었다.

언니는 그중 한 집의 초인종을 눌렀다. 문이 열리고 언니는 내가 살게 될 집을 게 눈 감추듯 현관 앞에서 슬쩍 보고 돌아섰다. 나 역시도.

새로운 거처를 확인하고 돌아오는 길. 언니의 인생에 더부살이하는 것을 면하게 되었으니 홀가분해야 했다. 늦은 나이의 독립에도 나는 흔쾌한 기분은 아니었다.

혼자서 잘 지낼 수 있을까? 아니, 혼자서 잘 살아낼 수 있을까? 글 한 줄 팔지 못하면서?

미래는 불안했다. 그럼에도 그때의 나는 하나의 생각을 분명히 했다. 정신적으로 경제적으로 독립하지 못한다면, 내 인생의 주인 노릇은 영원히 할 수 없게 될지도 모른다는 사실.

언니의 인생에 더부살이한 나의 이삿짐은 단출했다. 내가 보던 책과 옷가지가 전부다. 1톤 트럭의 반도 안 되는 이삿짐과 살림살이도 없는 집에 덩그러니 있자니 독립은 그제야 실감이 났다.

내 일상에서 벌어지는 일들을 이제 내가 온전히 감당해야 한다. 그간 해보지 않은 일들이 당장 내게 떨어졌다. 전입신고를 하고 매달 내 이름으로 나오는 온갖 공과금 용지를 받아 납부하고.

나를 책임지는 일은 내 앞으로 날아오는 전기·가스·수도 공과금을 납부하는 일부터 시작됐다. 샴푸나 비누, 치약 등 생활용품이 떨어지지 않게 사두고, 식재료를 사다 냉장고에 넣어두는 사소한 일들을 나는 마흔이 되도록 모르고 살았다.

생활이란 것을 앞에 두고 내 자신이 얼마나 안일하고 무책임하게 살아왔는지 나는 그제야 깨달았다. 출근을 하고 사람들을 만나고 그 안에서 나름 치열하게 살았다고 생각했는데 아니었다.

살아 있는 육체를 건사하기 위해 내가 해야만 되는 일들을 하나씩 챙기기 시작했다. 특별한 수입도 없이 독립된 생활을 꾸려가는 일은 만만치 않았다.

앞서 살던 세입자가 블라인드를 떼어간 터라 마주한 앞집의 거실 풍경이 훤히 들여다보였다. 여름이었고 베란다 창문을 열기도 겁났다. 저쪽 집에서도 내 집의 풍경이 훤히 보일 것이다. 피장파장이다 싶으면서도 그대로 지낼 수는 없는 일이다.

블라인드를 설치해야 했다. 설치업자를 부르면 시간이 걸릴 테고 급한 대로 시트지라도 사다 붙여야겠다고 생각했다.

그리고 문제의 그 시트지는 내가 간 마트에 진열되어 있었다. 익숙한 무늬의 시트지를 나는 고민 없이 집어 들었다. 익숙하다는 것은 거부감을 상쇄시키는 힘이 있다. 나는 그 힘에 반갑게 부응했다.

이사할 집을 찾아온 그날 봤던 그 하늘색 밤하늘 시트지다. 달과 별이 있고 동화 속 동물들이 인쇄돼 있는 바로 그것.

베란다 유리창을 하늘색 밤하늘로 도배하고 나서 앞집의 거실 풍경을 더는 보지 않아도 되었다. 창문만 닫으면 창살 없는 옥살이가 따로 없는 상황이지만 나는 그 안에서 평온하고 안락했다.

나만의 온전한 공간. 속옷만 입고 아니 발가벗고 다녀도 시비 걸 사람이 없다.

기묘한 일은 그 후에 벌어졌다.

내가 독립 생활을 한 달째 이어가던 그때. 외출했다가 집으로 돌아오던 길이었다. 매일 땅만 보고 걷던 내가 그날은 뭐에 홀린 듯 고개를 쳐들었다. 내가 사는 빌라 골목 입구에 도달해서다.

갑작스레 그 골목의 하늘이 보고 싶었던 것인지도 모르겠다. 어쨌거나 하늘을 보고 내려오던 내 두 눈이 덜컥 소스라쳤다. 나의 사지가 뻣뻣하게 굳어가고 등줄기로 오싹한 소름이 전율을 일으켰다.

내 집의 베란다 창에 붙어 있는 밝은 하늘색 밤하늘이다. 내가 사다 붙여놨으니 놀랄 일이 아니다. 그러나 같은 무늬의 시트지가 붙어 있는 다른 집이 적어도 한 집은 더 있어야 하는 거 아닌가?

한 집뿐이다. 여러 층이니 다른 집에서 붙였다가 그 사이 떼어낸 집이 있지 않을까. 아무리 둘러봐도 그런 집이 눈에 띄지 않았다. 눈을 씻고 천천히 다시 봐도 내 집의 베란다 창 말고는 같은, 아니, 비슷한 색상의 시트지가 붙어 있는 창문도 없다.

분명 두 집이어야 하는데, 내가 봤는데……. 그것과 똑같은 그림을 사다 붙였는데, 그 집이 어디로 갔지?

생각이 거기에 미치자 나는 자지러지는 놀라움을 금치 못했다.

그 골목에 처음 왔던 그날, 언니가 저기라고 말하던 순간에 올려다본 유리창이 내가 살고 있는 바로 그 집이라는 걸 알아채고서였다.

어떻게 이런 말도 안 되는 일이!

내게 미래를 보는 능력이라도 있다는 건가?

저 집이 새로운 주인이 될 내게 자신의 존재감을 미

리 드러내기라도 했다는 건가?

말도 안 되는 상상이 내 안에서 펼쳐졌다.

저 집은 그냥 집이 아니다. 이곳에서 오래전부터 나를 기다려왔을지 모를 그런 집인 것이다.

내 집의 베란다 유리창이 보이는 그 골목에 나는 한참을 서 있었다. 다리가 좀처럼 말을 듣지 않는다.

새로 올 주인에게 자신의 존재감을 확실히 심어준 집.

유리창에 내가 붙일 그림을 미리 알려준 집.

나는 현관문 네 개가 ㄷ자형으로 어깨동무한 저 집에서 벗어나지 못할 것 같은 예감이 들었다.

그때의 미스터리한 경험은 내게 온갖 상상을 불어넣고 나를 그 집에 붙잡아두었다. 아주 오래도록. 지금은 하늘색 밤하늘의 시트지 대신 보라색 블라인드로 바뀌었지만.

일상이 여행입니다만

공연장에서나 들을 수 있는 노래였다. 골목 모퉁이를 돌아서자 오페라 가수가 부름직한 가곡이 황홀하게도 내 귀에 닿았다. 마음을 파고드는 감미로운 노래에 발걸음이 절로 그리로 향했다.

초등학교 옆 공원에 전에 없던 간이무대가 설치돼 있었다. 황홀한 노래는 그곳에서 들려왔다. 가까이 가보니 주민을 위한 공원 음악회가 한창이다.

여행을 다니다 보면 거리 공연을 종종 본다. 홍대 쪽만 나가도 버스킹을 어렵지 않게 구경한다. 하지만 오늘 내가 만난 숲속의 음악회는 다르다. 성악가들의 공연 무대. 보통은 티켓을 예매하고 시내의 공연장까지 나가야만 관람할 수 있는 공연이다.

어둑한 저녁, 작은 숲속에 조명이 환하다. 턱시도와 드레스를 갖춰 입은 성악가들이 내 앞 무대에 올라 있다. 주전부리를 사러 나왔다가 이게 웬 횡재란 말인가. 한 명도 아닌 여덟 명의 가수가 만들어내는 무대라니.

나뭇잎이 조명에 반짝이고 밤하늘을 지붕 삼은 무대. 그 앞에 옹기종기 모여 귀 호강을 하고 있는 이웃 주민들.

장바구니를 든 채 객석에 눌러앉은 나는 내 볼 일도 잊는다. 망중한을 즐기는 여행자처럼 성악가들의 열정적인 노래에 흠뻑 빠져들었다.

가을비가 간헐적으로 떨어져 내렸다. 그렇더라도 객석은 망부석이다. 동네 공원에서 펼쳐지는 음악회는 비를 좀 맞더라도 자리를 뜨기에는 아까울 만큼이었다. 점점이 지나가는 빗방울에 음악회의 운치는 더욱 살아났다.

설령 옷이 젖는다 해도 성악가들이 무대를 중단하지 않는 한 누구도 먼저 자리를 뜰 생각이 없는 듯했다. 시간이 흐를수록 사람들은 공연장으로 더 많이 몰려들었다.

가을의 어느 저녁. 나는 여행자처럼 동네 한 구석에 앉아 음악회를 즐긴다. 흥취 가득한 무대가 끝나고 세 번의 앙코르가 이어지도록 엉덩이를 붙인 채 다들 일어설 줄 모른다.

마지막 노래가 끝나고 무대가 빈 후에도 나는 한참을 그곳에 앉아 있었다. 장바구니를 곁에 둔 채로 음악회의 여운을 만끽했다.

내게는 하루하루가 여행이다. 더 정확하게 표현한다면 여행자의 마음으로 일상을 산다. 굳이 비행기를 타고 멀리 나가지 않더라도 여행지에서의 느낌을 나의 일상에 들인다. 그 흉내가 조금씩 몸에 익어 진짜가 되는 경험을 나는 마다하지 않는다.

여행을 가면 마음이 들뜨기 쉽다. 풍경이 아름다운 도시에 가면 더욱 그렇기도 하다. 겉만 보게 되기 쉬운 여행에서 나는 들뜨고 싶지 않다.

그곳도 사람이 사는 곳이다. 만약, 내가 그곳에 산다면 한국에서 사는 것처럼 똑같은 생각과 생활의 고민을 품게 될 것이다.

보통의 사람들에게 여행은 나 자신의 현실을 잊게 해주는 마취제나 다름없다. 현실의 복잡한 문제에서 벗어나게 만든다. 여행지에도 사람은 사니, 내가 그곳의 현지인이 되는 상상을 해본다.

나의 현실과 별반 다를 것이 없다. 들뜨던 마음이 가라앉는다. 여행지인 그곳도 사람이 사는 곳이고 생활은 누구에게나 촘촘히 박혀 있다. 그들의 문화는 우리와는 다른 환경과 역사 속에서 이뤄진 것들이다. 한국의 문화 또한 그들과 다른 우리의 고유한 환경과 역사가 이뤄놓은 현재인 것이다.

그렇게 생각하면 나의 일상이 여행이 되지 못할 이유가 없다. 해외의 어느 낯선 여행지를 거닐 듯 나는 내가 사는 동네를 탐색한다. 대로변이 아닌, 사람들이 잘 다니지 않는 주택가 뒷골목을 홀로 헤집는다.

담장 너머로 해바라기가 고개를 내민 곳에선 잠시 걸음을 멈춰도 본다. 집주인이 가꿨을 담장 안의 정원을 살짝 훔쳐보기도 하고, 마당에 나온 집주인의 모습에서 그의 삶을 떠올려보기도 한다. 내 볼 일을 잊고 음악회를 즐기듯 동네 꼬마들의 재잘거림에 귀를 열어두기도 한다. 유모차에 아기를 태우고 가는 젊은 엄마를 무심히 바라보기도 하고, 깻잎과 노각, 고추 등 개성 있게 자란 채소들을 자기 집 대문 앞에 늘어놓고 앉아서 판매하는 할머니와 마주하기도 한다. 마트나 시장에 단정하게 진열된 물건과는 확연히 다르다.

여행자인 나는 할머니의 좌판에 관심을 보이며 일없이 말을 걸어본다.

"할머니, 이거 파시는 거예요?"

"응. 내가 직접 기른 거야. 싸게 줄게, 이거 가져가."

"어디서 길러요?"

대문 안에 마당은 없고 입구는 시멘트 바닥이니 나는 또 묻는다.

"있어, 저어기."

할머니는 자신만 아는 자신의 텃밭을 가리키기 위해 손으로 허공을 휘젓는다.

주택가 골목에서 당신이 키운 농산물을 대문 앞에 놓고 파는 할머니의 이야기에는 소소해도 묵직한 인생이 묻어난다. 할머니와 몇 마디 이야기를 나누고 나는 깻잎이 든 봉지 하나를 받아든다.

시간의 값을 치르고 그곳을 벗어난다. 그리고 아직 끝나지 않은 나만의 여행을 이어간다. 동네 골목의 회색빛 건물 사이에 들어앉은 초록초록한 텃밭을 발견하는 즐거움을 홀로 누린다.

과거에서 소환되어 온 듯 시간이 정지된 비디오 · 책 대여점 간판 앞에서 그 안을 기웃기웃도 해본다. 유서

깊은 방앗간 앞에서 어릴 적 기억을 소환하기도 한다. 서울의 한복판임에도 골목골목 서로 다른 시간과 역사가 흐른다.

나의 일상은 발 닿는 곳마다 새로운 여행이다. 같은 곳도 매일 다른 시간이 만들어진다. 내가 사는 동네에서 매일을 여행하듯 나는 그렇게 시간을 보낸다.

집이 익숙해지고 동네가 익숙해지고 새로운 여행이 더는 될 수 없다고 미리 시큰둥해할 일도 없다. 시간은 날마다 새로 태어나고 사람들의 오늘도 새롭게 시작된다. 골목마다 들어선 시간의 역사를 찾아 가늠하는 일은 소소하지만 흥미롭다. 공간이 있고 사람이 있고 역사가 있고.

굳이 멀리 떠나지 않아도 매일이 여행이다.

유난히 화창한 휴일의 아침. 나는 느지막이 일어나 창문가의 햇살을 미소로 맞이한다. 여행하기 좋은 날이다.

오늘은 어디를 가볼까? 여행지에 도착한 여행자처럼 나는 그날의 계획을 세운다.

오늘은 관공서 건물 인근으로 나가보는 게 좋겠군.

광장의 타이어 화분에 가을임을 알리는 꽃들이 또 한창일 것이다.

일상에서 무심히 넘기는 것들을 나는 나만의 의미로 각색한다. 누구의 방해도 받지 않고 관공서 건물 앞 광장에 앉아 오가는 사람들을 구경할 것이다. 여행지의 거리를 걷다가 멈춰선 사람처럼. 망중한의 시공간에 나를 앉히고 사색에 젖어들 것이다.

처음 와보는 여행지처럼 나는 그곳에 내 안의 또 다른 나를 풀어놓을 것이다.

온 동네가 내 집입니다만

아이 한 명을 키우는 데 마을 하나가 필요하다고 했던가. 더불어 내가 하루를 사는 데에도 온 동네가 필요하다.

독립과 동시에 거의 두문불출하고 살았다. 집과의 특별한 인연 때문이었을까. 집과 연애를 하는 사람처럼 집에서 한 발짝도 나가지 않는 날들의 연속이었다. 그렇다고 내가 사물기호증을 앓고 있다거나 은둔형 외톨이는 아니라는 점은 강조하고 싶다.

요즘도 글 작업과 실랑이를 하다 보면 종종 그런 날

들이 지속되기는 한다. 문제는 현관 앞에 택배 물건이 와 있음에도 까마득히 모르고 지낸다는 것이다.

내가 사는 건물은 경비실이 따로 없다. 그렇다 보니 현관문 앞에 물건을 놓아두고 가는 일이 잦다. 내가 집에 없다면 당연하지만 내가 집에 있음에도 알림 없이 살짝 물건을 놓고 간다.

현관문이 네 개라 내 집 앞의 택배가 며칠씩 그대로 있으면 옆집 할머니가 전화를 걸어오기도 한다.

– 문 앞에 택배 와 있던데, 어디 멀리 갔나 봐요?

내가 집을 오래 비울 때는 택배 온 것을 보관해 달라고 부탁하기도 한다. 그것이 먹을 것이면 꺼내 먹어도 좋다는 말과 함께 말이다. 상자로 배달되었을 내용물은 나 혼자 먹기에 버거운 양이다.

제주에 사는 친구가 종종 귤을 보내온다. 택배를 보낼 때는 내가 집에 있는지, 없는지 확인하고 보내라고 말을 해뒀음에도 귀찮아서 그냥 보내는 날이 있다.

어쨌든 귤 상자가 배달돼 오면 나는 상자가 바닥을 드러낼 때까지 귤만 먹고 살기도 한다.

알림도 없이 불쑥불쑥
무심한 듯 네가 보내온 귤 상자가

주인도 없는 집 앞에
부려진다

마음의 감기를 앓는 내게
아무것도 모르는 척
감기엔 비타민이 으뜸인 양
약처럼 보내온다

어디서도 이제
귤은 먹지 못할 것 같다
모양 비슷한 것들만 봐도
네가 떠올라서

오늘도 귤을 먹는다
귤만 먹는다
네가 보낸 귤이 상할까봐
네 마음이 상할까봐
부지런히 먹는다

허겁지겁 네 마음을 먹어치운다

귤만 먹는 상황을 글로 적어도 보지만 어디 귤뿐일까. 배달된 그것이 음식물이거나 식재료라면 나로선 상하거나 썩도록 그냥 둘 수 없다. 고향에서 부모님이 농사 지은 것들을 보내올 때면 특히 그렇다.

어떤 때는 보내오는 양보다 택배비가 더 들 때도 있지만 어떻게 돈으로 환산할 수 있단 말인가. 혼자 생활하는 딸이 끼니나 잘 챙겨먹고 있는지 걱정스러워 보내는 마음이자 사랑이다.

장기간 그냥 둬서 상하거나 썩어서 버리는 상황은 만들지 않는다. 그것은 일 년의 농사를 망치는 것과 다름없다. 노구의 몸으로 텃밭에 채소를 기르고 몇 마지기 안 되는 논에 벼를 키워 얻은 일 년 동안의 노고가 고스란한 것들을 먹어주는 것조차 제대로 하지 못한다면 얼마나 죄송한 일인가 말이다.

음식을 먹는 것이 아니다. 그것은 누군가의 보살핌을 먹는 것이며 사랑을 먹는 일이다.

나는 계절이 바뀐 줄도 모르고 가을에 여름옷이나 겨울옷으로 집을 나서기도 한다. 계절이 어떻게 바뀌는지, 어느 계절에 와 있는지 감각 없이 지내던 날들이다.

"택배가 어제 점심 무렵부터 그 집 문 앞에 있던데……,

또 어디 다녀왔나 봐요?"

"네? 내내 집에 있었는데요."

오후 늦게 공원에서 만난 옆집 할머니는 내 말에 눈이 휘둥그레진다.

"어제부터 내내? 어떻게 종일 한 번을 안 나와 볼 수가 있어?"

"특별히 나갈 일이 없어서요. 초인종도 안 울렸고 현관 앞에 택배 물건을 둔다는 문자도 없었는 걸요."

옆집 할머니는 나를 이해 안 된다는 표정으로 빤히 바라보다가 그냥 웃고 만다.

아무튼 옆집 할머니가 나를 이해 못하는 것도 충분히 짐작한다. 집이 넓다면 그러려니 하겠으나 결코 넓은 집이 아니다. 종일 집 안에만 있자면 답답할 수도 있는 공간이다.

넓은 집을 보면 관리하기 힘들겠다는 생각부터 드니 내게는 공간이 충분한 집이다. 청소하는 일에 내 시간을 잔뜩 할애하고 싶은 마음이 없다. 그럴 시간에 게으르게 앉아 멍을 때리는 편이 훨씬 좋다. 공원의 나무 밑 벤치에 등을 대고 누워 하늘을 바라본다거나 하는.

나뭇잎 사이로 반짝반짝 내리치는 햇살과 바람에 흔들리는 나뭇잎을 느끼는 시간이 더 많아지는 게 나는 좋다.

한옥은 밤에도 창호지 문으로 달빛이 들이친다. 낮에는 열린 문을 통해 외경을 집 안으로 들이기도 한다. 자연의 일부처럼 자리한 한옥은 안과 밖을 문으로 연결해 좁은 공간을 넓게 만드는 장점이 있다.

지금의 도시에서 그런 생활을 누리기란 쉽지 않다. 부자들이라면 상황은 또 다르겠지만. 어쨌거나 내가 사는 집도 마찬가지다.

주택 단지 안에 빼곡하게 들어선 건물들. 그 사이에 내가 사는 곳이 있으니 창을 열어둬도 외경을 집 안으로 들이기는 불가능하다. 앞집의 거실 풍경을 감상하는 일은 가능하다. 창문을 열어놓는 것으로 자연을 느끼거나 좁은 공간을 넓게 만드는 효과는 볼 수 없다.

책이 천장 높이로 정리된 서재나 커피 향을 음미하며 여유를 부릴 수 있는 카페 같은 거실, 나무 그늘과 햇살이 드는 안마당 등이 있는 저택이라면 좋기도 할 것이나, 그런 저택이 내겐 없다. 그렇다고 불행하지도 않다.

내가 관리해야 하는 공간은 작게 쓰고 내가 필요한 공간을 동네 어딘가에 가까이 두고 쓸 수 있다면 그보다 더 좋은 것은 없다. 내가 관리하지 않음에도 내 공간처럼 쓸 수 있는 곳이 다양하다면 금상첨화다.

내가 아무리 저택에 산다고 해도 동네가 내 집인 것만은 못할 것이다. 침실 같은 집을 나와 오십 보쯤 거닐면 내 서재인 도서관이 자리하고 있다. 교회에서 운영하는 도서관인데 그곳엔 사서도 있다. 내가 찾는 책을 쉽게 찾아주고 책에 관한 정보도 내주는 전문 비서가 있는 서재라고나 할까.

십 분 이내의 거리에 이런 작은 도서관이 다섯 개쯤은 있는 마을이다. 내 집에 굳이 서재를 놓아 내 공간을 잡아먹을 필요가 없다.

곁에 두고 늘어지게 보고 싶은 책들은 반납일이 신경 쓰이기도 한다. 이런 책들은 따로 구매해 내 손 가까이 둔다. 동네 서점을 이용하는데, 작은 서점이라 없는 책이 더 많지만 그렇다고 원하는 책을 살 수 없는 건 아니다. 다만, 기다림이 필요하다는 것.

여행자의 시간은 아날로그의 감성이고 기다림도 그렇다. 인터넷으로 주문하면 빠르고 비용도 절감되지만 거기엔 감성이 들어 있지 않다. 동네 서점에 간다는 것은 내 집의 일부를 활용한다는 의미다. 여기에 더해 여행자의 일상을 내 안에 들이는 일이다.

일석이조다. 서점으로 가는 길목의 풍경을 여행하고 골목과는 다른 서점 안의 공기를 마시고 그 안에 있는 사람과 일상의 대화를 나눈다. 인터넷 서점에 주문한 책을 택배로 받는 것과는 견줄 수 없는 사유와 정서가 그 안에 있다.

내 거실 같은 카페나 내 취향의 카페를 동네에서 발견하면 난 그곳의 단골이 된다. 소곤소곤 대화를 나누다가도 웃음소리를 내기 좋은 카페라든가. 가격이 저렴해서 부담 없는 곳이라든가. 창의적인 생각을 떠올리기에 좋은 곳이라든가. 나만의 아이디어를 확장시키기에 좋은 곳이라든가.

나의 정원이라고 할 만한 나무가 있는 공원도 가까이 있다. 나를 찾아오는 친구나 손님을 나는 이곳 정원에서 만나기도 한다. 다른 이들은 이곳을 공원이라 부르지만 내겐 나의 정원이다. 아무튼, 그곳엔 정자도 있고 벤치도 있고 아기자기한 산책로도 있다.

공연이나 강연, 영화를 볼 수 있는 문화예술회관이 집 가까이에 있다. 산에 가고 싶다면 등산 흉내를 낼 수 있는 야산도 지척이다.

내 집에 들이지 못한 공간을 나는 그렇게 동네라는 내 집 안에 두고 생활한다. 관리비 삼아 약간의 사용료를 지불하기만 하면 된다.

어디 그뿐인가. 일요일이면 이웃의 점심 초대를 받아 나가기도 한다. 동네 친구의 집에 가듯 가볍게 나간다. 함께 밥을 먹고 후식으로 차를 마시며 휴일의 오후를 수다로 채우기도 한다.

어릴 적 추억을 떠올리게 하는 국수집도 있고, 부추 자장면이 일품인 중국집도 있고, 김치찌개를 맛있게 하는 곳도 있고, 입에는 대지도 않던 추어탕의 맛을 알게 해준 맛집도 있다.

동네를 거닐어야 하는 이유는 많다. 먹고 즐기고 탐색하고 이웃을 만난다. 골목에서 만난 이웃에게 눈인사를 건네기도 하는 나의 일상이다.

동시대를 살아가는 내게는 가장 가까운 이웃. 평범하기 그지없는 그들의 일상을 보는 게 낙이기도 하다. 내가 아는 이웃이 늘어 눈인사를 주고받는 사람들이 늘어날수록 내가 다니는 뒷골목 또한 안전한 곳이 될지도 모른다는 상상.

제발 좀 뒷골목 말고 대로로 다니라고 야단하는 내 지인들의 걱정도 줄어들 것이다.

나의 동네는 나의 집이자 탐색의 공간이다. 저택이면서 내가 직접 관리하지 않아도 되는 공간이다. 필요한 공간을 집에 새로 만들 듯 내게 필요한 또 다른 공간을 나는 동네 안에서 찾아낸다.

　나의 상상은 자유롭고 때로는 도발적이다. 영화 속 월터의 상상은 현실이 되고 나의 현실은 상상일지라도, 그것을 온전히 누리는 데에 즐거움과 기쁨이 있다.

　온 동네가 내 집이라는 상상. 나는 그렇게 최소의 비용으로 동네라는 대저택에 산다.

일인가구 와이가 사는
그곳

출판사에서 볼일을 마치고 나오는 길이다. 동료 작가 케이와 함께 마포구청역으로 가고 있었다. 오랜만의 담소를 거리에 점점이 흘려놓으면서.

동네가 아닌 곳에서 내가 아는 사람을 만나게 되리라고는 생각지 못했다. 연고도 없는 동네에서 아는 얼굴을 만나는 일이 어디 그리 쉬운가. 그럼에도 불구하고 타인의 동네에서 나는 낯익은 얼굴과 조우했다.

"앗, 와이 씨! 이렇게도 만나네. 와아!"

나는 반가운 마음에 와이의 길목을 덥석 막아선다.

몇 년은 족히 된 것 같다. 그러니까 와이를 마지막으로 본 게.

당시 와이는 갑상선암이라는 진단을 받고 수술을 앞두고 있는 상황이었다. 회사를 관두고 중국으로 유학을 떠날 작정이었는데 갑작스레 암이 발견돼 무산됐다며 담담하게 웃어넘겼다.

와이와 내가 처음 알게 된 건 한국사보협회 팸투어를 통해서였다. 지자체 홍보가 성행하던 시절, 나는 주말이면 팸투어를 통해 전국을 여행했다. 거기서 와이를 만났다. 일이 년 팸투어를 따라다니다 다른 일들이 늘어나면서 여행은, 와이와의 만남은 자연스럽게 소원해졌다.

그러다 연락이 닿아 만난 와이는 자신의 새로운 인생 계획을 털어놓았는데 또 금방 다 없던 일이 되어 버린 것이다. 와이는 그 후 암수술과 더불어 자신의 병구완에 들어갔다.

그리고 또 몇 년이 흘러 길거리에서 와이를 만난 것이다.

"건강은? 수술은?"

나는 오랜만에 조우한 와이의 기색을 살피는 동시에 물었다

"보다시피 멀쩡해."

와이는 하얀 대문니를 드러내며 화사하게 웃었다.

전보다 좀 핼쑥해진 얼굴이었지만 와이는 여전히 밝았다. 회사에 복귀했다는 말에 마음이 놓였다.

엄마와 둘이 살던 와이는 병구완을 끝내고 독립했다. 그것도 내가 사는 이웃 동네로 이사했다는 소식을 듣는 것으로 와이와 나는 또 헤어졌다.

더 많은 얘기를 나누고 싶었다. 하지만 케이가 곁에서 나를 기다리고 있었기에 나는 와이의 연락처를 받아 들고 다음을 기약했다.

이틀이 지나고 나는 와이에게 연락했다. 근무가 끝나고 퇴근하는 와이의 시간에 맞춰 동네에서 만났다. 전부터 와이가 가보고 싶었다는 동네 무한리필 고깃집에서.

일인가구가 됐다는 와이와 나는 그간에 있었던 일들을 전하며 회포를 풀었다. 시간 가는 줄도 몰랐다.

"네가 사는 집에 한번 가보고 싶어."

대화가 무르익은 다음이었다. 나는 와이가 어떻게 살고 있는지 문득 궁금해졌다.

"내 집? 글쓰기 딱 좋은 아파트지. 우리 집에 가면 새로운 아이디어가 무궁무진하게 막 떠오를 거야."

"어떤 아파트기에?"

호기심이 발동했다. 글쓰기 좋다 하니 주변 환경이 좋은 아파트인가. 아님 시설이 좋은 아파트인가. 나는 내 멋대로 상상했다. 와이의 독특한 취향을 전혀 고려하지 않은 채.

"내가 오래된 아파트에서 살아보고픈 열망이 좀 있었거든. 그런 집을 찾았어. 나랑 동갑인 아파트. 그 집에 가면 스릴러 한 편은 뚝딱 나올 걸?"

"그렇게 나오면 내가 당장 가보자고 안 할 수 없잖아."

내 머릿속은 이미 와이와 동갑인 아파트에 대한 상상이 가지를 치고 있었다. 스릴러 한 편이 뚝딱 나올 거라는 와이의 아파트가 무던히도 내 가슴을 두방망이질해댔다.

나는 고기를 굽는 와이를 보며 당장 가자고 재촉했다. 와이와 나는 먹기를 중단하고 일어섰다.

밖으로 나오자 그 사이 비가 추적추적 내리고 있었다. 와이의 집으로 가는 길을 더욱 음산하게 만들었다. 골목을 돌고 돌아 십여 분을 걸었다. 그리고 와이의 집에 도착했다.

삼 층 내외의 연립과 빌라가 줄을 선 그곳에 육 층의 아파트는 위풍당당하게도 서 있었다. 한옥의 ㄷ자형 구

조를 닮은 무궁화 아파트.

와이가 사는 아파트는 그 구조와 이름까지 클래식한 면모를 자랑했다. 와이와 동갑이니 72년생. 와이는 72세대가 들어선 아파트의 맨 꼭대기 층인 육 층에 살았다.

나는 와이를 따라 외부와 통해 있는 계단을 밟아 아파트를 올라갔다.

"꼭대기 층을 싫어하는 사람도 있지만 난 꼭대기 층이 좋아. 특별한 이유 같은 건 없어. 그냥 좋아."

와이는 승강기 없는 아파트에 자신의 건강 증진을 도모하는 집이라고 덧붙였다.

내 눈에는 수상한 아파트처럼 보였다. 아파트 안의 조명도 으스스하게 비추는 데다가 비까지 흩날렸다.

내가 사는 옆 동네에 이런 아파트가 있다는 사실도 그날 처음 알았다. ㄷ자형 아파트도 그랬지만 육 층까지 올라가는 계단도 범상치 않기는 마찬가지였다. 아파트 계단참에 이르면 벽은 뻥 뚫려 외부와 바로 연결됐다.

계단참에 서면 동네가 또 훤히 내다보였다. 옥상 난간에 서 있는 기분이다.

비가 내리는 으스스한 밤. 아파트 계단을 오르자니 와이의 말처럼 글감이 절로 떠오를 듯도 했다. 집주인과 같은 해 태어나 함께 나이를 먹어간 아파트. 그리고 나는 와이의 집 속살을 눈앞에 뒀다. 육 층까지 쉬지 않고 올라온 터라 가쁜 숨을 몰아쉬면서.

비밀의 문처럼 문이 열리고 무궁화 아파트의 내부가 드러났다. 와이의 공간에 먼저 들어선 나의 시선은 어디에 닿아야 할지 몰라 분주했다.

하얗다. 온통 하얗다.

여기가 사람 사는 집이 맞나?

기본적인 살림살이조차 내 눈에 들어오지 않았다. 사람이 살고 있는 집이라기보다는 이사를 나간 집을 하얗게 만들어놓은 것 같았다.

어디를 봐도 색감을 발견할 수는 없었다. 눈이 닿는 곳마다 휑뎅그렁했다.

무채색의 일인용 소파 하나. 안방에 작은 텔레비전 한 대. 세탁기야 그렇다고 해도 어느 집에나 들어가면 볼 수 있는 냉장고도 보이지 않는다. 자질구레한 물건이 집 안 곳곳에 있어야 했지만 내 눈에는 보이지 않았다.

아무리 일인가구이고 미니멀 라이프라지만 이건 좀 심하지 않는가. 하얀 외벽에 그림만 내걸린 갤러리 같은, 영화에나 나올 법한 미지의 공간 같은 분위기다. 휑한 바람이 내 가슴을 뚫고 지나갔다.

"정신병동 같대. 여기 와 본 친구들이 그러더라고."

와이는 무슨 말을 어떻게 해야 할지 모르는 나를 향해 먼저 말했다.

"아⋯⋯."

뭔가 스멀스멀한 것이 내 안에서 올라오는 것 같았다. 와이의 말처럼 정말 공포 스릴러 한 편이 펼쳐질 기세다.

온통 하얀색으로 도배돼 컬러가 들지 않은 공간. 정신병동 같다는 그들의 말을 수긍이라도 하듯 나는 홀로 고개를 주억거렸다. 한편으로 이런 집에 오래 살면 우울증이 도질 것도 같다는 생각이 스쳐갔다. 강만 바라보고 사는 사람처럼 나는 멀미가 났다.

"미니멀 라이프라잖아. 청소하기는 편하겠다. 좋네."

바닥에 걸리는 것이 하나도 없으니 나는 흰소리를 해댄다. 청소기를 돌리며 물건을 들었다 놨다 하는 게 얼마나 번거로운 일인지 해본 사람은 또 아는 일이다.

하얗기만 한 집을 나는 앉지도 못하고 서성거렸다. 와이도 마찬가지였다. 이야기가 나올 것 같은 집인 것만은 분명하지만 세트장 같은 느낌도 지울 수 없었다. 스릴러 한 편 뚝딱이라던 와이의 말에 호기심을 가졌던 내 자신이 괜스레 민망했다.

스릴러고 뭐고 나는 와이가 따뜻하고 온기 있는 집

에 살았으면 했다. 가족이 많은 것도 아니고 엄마뿐인데 왜 분가를 했는지 묻지 않을 수 없었다. 와이의 대답을 나는 어느 정도는 짐작했다.

와이가 자신의 이름으로 아파트를 사고 이사했을 때에도 나는 그 집에 갔었다.

엄마의 인생과 엄마의 누적된 살림살이로 집 안이 가득했다. 자신의 방까지 잠식한 엄마의 장롱에 와이는 살짝 억눌려 있었다. 아니, 아주 많이 짓눌려 있었다. 말로는 엄마의 인생은 소중하니까를 반복하며 털어냈지만.

엄마의 인생과 엄마의 누적된 살림살이로부터 벗어나고 싶은 욕망. 그래서였을 것이다.

어쨌거나 와이의 새하얀 공간에서 나와 홀로 돌아오는 길. 나는 자신이 사는 집과 괴이한 인연을 맺은 집주인들의 황당한 이야기들을 떠올리며 빗길의 골목을 돌고 또 돌았다.

뜨겁게시리

"진실로 위대한 작가는 자신의 한정된 경험을 갖고
에밀리 브론테처럼 방 안에 들어앉아
무한의 상상력으로 이야기를 만드는 이들이다."

_ 에빌리 브론테

놀이가
나의 일입니다만

한창 글 작업 중인데 휴대폰 벨이 울린다. 이른 아침부터 전화를 걸어올 사람은 딱 한 사람. 나의 모친, 엄마다. 아니나 다를까 휴대폰 액정에 뜬 엄마의 이름을 확인한다.

– 뭐하니?

통화의 시작은 늘 그랬다. 내게 일어났냐고, 아침은 먹었냐고, 뭐하냐고, 그 셋 중 하나를 묻는 것. 내 대답은 거의 매번 같다.

"놀지, 이 시간에 뭐하기는."

내가 논다고 하면 엄마는 알았다. 내가 글을 쓰고 있는 중이라는 것을 말이다.

- 글 쓰고 있는 모양이네.

딸이 글쓰기 모드에 있을 것임을 알면서도 엄마는 나를 방해하듯 전화를 걸어왔다.

엄마의 목소리는 힘이 없다.

"무슨 일 있어?"

엄마의 한숨이 휴대폰을 타고 건너왔다.

내가 독립한 뒤로 엄마는 종종 전화를 걸어왔다. 엄마는 나의 화법을 처음엔 이해하지 못했다. "놀지, 뭐하겠어"라는 나의 말을 액면 그대로 받아들였다.

내게 일어났냐고 물으면 나는 벌써 일어나서 놀고 있다거나, 아침은 좀 놀고 나서 먹을 생각이라거나, 설거지와 놀고 있다거나, 청소기와 놀고 있다거나로 대답했다.

엄마는 놀기만 하면 어떻게 하느냐고, 뭔가를 해야 하지 않겠느냐고 대화 중에 한숨을 섞었다. 그때마다 나는 노는 게 뭐 어떠냐고 반문했다.

내가 하는 모든 일이 놀이다. 남들은 그것을 일이라고 말하기도 한다는 것을 엄마는 나중에야 알았다. 아침에 일어나자마자 내가 글을 쓴다는 것도 알게 됐다. 전화를 걸었다가도 딸의 놀이를 방해한다는 생각이 들면 내가 받기도 전에 전화를 끊었다.

하지만 울린 전화벨에 나의 놀이는 이미 호흡이 끊긴 상태다. 그러면 나는 미루지 않고 바로 엄마에게 전화를 걸어 무슨 일이냐고 또 묻는다.

그날 아침의 엄마는 뭔가에 잔뜩 화가 나 있는 것 같기도 했고 실의에 젖은 듯도 했다. 나는 엄마의 마음을 달래듯 엉뚱한 얘기들을 먼저 늘어놓는다. 그러면 엄마는 답답한 듯, 그게 아니라, 하며 당신의 얘기를 꺼내든다.

– 어제 말이야. 그 녀석이 지 아버지더러 "더 사시려고요?" 이랬다지 뭐니. 그만 살고 가란 거야, 뭐야?

엄마의 그 녀석은 남동생을 말하는 거였다.

나는 농담으로 한 말이지, 그게 어디 진심이겠냐고 에둘렀다.

– 이제야 살 만한데, 내 손으로 농사 지어 자식들 먹을 거 보내주고, 일 년에 몇 번 편하게 얼굴도 보고 이제 살 만한데⋯⋯, 더 사시려고가 뭐야? 나쁜 놈!

엄마는 노여움 같은 서운함을 털어놓았다.

아버지의 서운함과 노여움을 엄마가 대신 전하는 것임을 나는 짐작한다. 오랜 세월을 함께 살며 온갖 원망을 퍼부으며 살았다 해도 엄마와 아버지는 결정적 순간이 오면 같은 편이 된다. 서운한 자식 앞에서도 두 분은 한마음이다. 평생을 함께 산 부부라는 게 저런 건가 싶게 말이다.

어쨌거나 엄마는 다른 자식에게는 말하기 곤란한 속마음을 가끔씩 내게 풀어놓는다.

언니는 조곤조곤 말하고 듣는 성격이 아니다. 남동생은 건성으로 흘려듣는다. 그렇다 보니 엄마의 불편한 마음을 해결은 못 해줘도 잘 들어는 주는 내게 전화하는 편이다.

너한테만 하는 얘기니까 다른 사람한테는 하지 말라고 하지만 또 모를 일이다. 나 모르게 언니나 동생에게도 또 다른 속내를 털어놓고 있을지도.

어쨌거나 엄마는 뭘 어떻게 해서 끼니를 때우나 막막하던 날들의 연속이었다고 엄마의 지난날을 술회한다. 그렇게 힘들던 그 시절이 아득해진 지금이 엄마에겐 최고의 날들이다. 비록, 온몸에 세월을 새겨 넣기는 했지만 마음은 아직도 청춘이며 그 어느 부자 못지않게 풍요롭다.

엄마는 당신의 힘으로 하루 세 끼 걱정 없는 여유로운 날들을 이뤄냈다. 인생의 숙제도 다 끝냈다. 이제야 삶을 제대로 느끼고 있는데, 걱정 없이 살고 있는데, 검은 머리 허옇게 되고 몸짓은 더뎌졌지만 지금이야말로 행복의 순간인데 말이다.

동생의 "더 사시려고요?"는 빈말일망정 그분들의 가슴 언저리를 후벼 파고 만 것이다.

나는 엄마의 마음이 풀릴 때까지 엄마가 하는 말을 고스란히 듣는다. 엄마의 말에 호응하는 말을 추임새처럼 넣으면서 엄마의 인생을 내 멋대로 또 더듬는다.

– 이제 그만, 너 좋아하는 일이나 해.

엄마는 울분 아닌 울분을 한참 쏟아내고서야 홀가분한 마음으로 통화를 마무리했다.

하지만 나는 놓지 못한다. 인생의 숙제란 엄마의 말이 떠올라서였다.

결혼하고 자식을 낳아 길러내고 출가시키는 일.

엄마 연세의 어른들 대부분이 그 일을 당신들의 숙제처럼 여겼다. 엄마도 예외는 아니어서 당신 인생의 숙제를 훌륭하게 끝냈다.

끼니를 걱정해야 했던 그 시절도 자식을 놓지 않고 건너왔다. 교육에 대한 부채 같은 열망도, 생에 대한 욕심도 덜어놓은 지금이야말로 엄마에겐 황금기일지도 모르겠다는 생각이 든다.

물론, 비혼인 나를 숙제처럼 또 끌어안고 있을지도 모르지만 그게 뭐 대수인가. 비혼인 딸을 둔 엄마가 엄마뿐도 아닌데.

"엄마, 나이 먹어보니까 알겠어. 내 나이가 되니까 갔다가 돌아오더라고. 내가 결혼 안 한 게 그렇게 마음에 걸리면 그냥 이혼했다 쳐."

그날 나는 엄마의 지청구만 잔뜩 먹었다. 더 나이 먹으니 이제는 아까워서 결혼을 못 시키겠다는 농담도 종종 한다. 누구 병수발 들게 할 일 있느냐면서.

엄마는 그렇게 내 결혼 문제에서 자유로워졌다. 그리고 나는 말한다. 비혼인 나는 엄마의 숙제가 아니라고.

나의 놀이는 온전히 내 안에서 이뤄지는 것이다. 누구의 간섭 없이 이뤄내야 하는 내 스스로의 노동이자 생산이다. 이 과정이 나를 여물게 한다. 얕은 말들에 휩쓸리지 않게 만든다. 최악의 상황에서도 내 선택과 판단을 의심하지 않게 만든다.

그런 면에서 나는 나의 글쓰기 놀이를 즐긴다. 나의 놀이는 생산적이기는 하나 돈과 직결되지 않을 때가 더 많다. 그렇더라도 나는 나의 놀이를 존중한다. 창의력을 발휘하고 상상의 세계를 마음껏 휘젓는 이것이 내게는 진짜 노동이다.

비록, 세속적인 밥벌이 수단으로서의 정점을 찍어주지 않는다고 해도 말이다.

앞으로의 날들도 지금처럼만 나의 놀이를 즐길 수 있다면 그것으로 충분하다. 과한 욕심만 덜어내면 삶은 여유롭고 충분히 풍요롭다.

이를 깨닫게 되기까지 나 자신을 얼마나 많이 괴롭혀왔는지 모른다. 내 삶의 모양새와 내 깜냥의 크기를 좀 더 일찍 알아챘더라면, 조금 더 일찍 인생의 굴레에서 벗어나 살았을지도 모를 일이다.

나는 내 인생을 이해하고 화해를 청하게 되기까지 참으로 많은 시간을 할애했다. 나의 우직한 일면도 한몫했다고 보아진다. 한 번 생각한 것은 쉽게 바꾸지 않는 기질 같은 것 말이다.

사람들 대부분이 자기 자신을 잘 알지 못한다. 온전히 이해하기는 더 어렵다. 자신만의 놀이를 찾는 일은 그래서 더딜 수밖에 없다. 어떤 이들은 평생을 자신의 놀이를 찾아 헤매기도 한다.

결혼과 상관없이, 재산의 축적과도 상관없이 성공한 인생은 자신을 알고 자신의 삶을 이해하고 받아들이는 데에 있는 것 같다.

적어도 내게는 그랬다. 무엇하나 뜻대로 속 시원하지 않은 내 인생에 화풀이만 해댈 것이 아니라 가만히 들여다보고 이해해주는 일이 먼저였다.

청혼을
꿈에서 받았습니다만

　감정보다 이성이 우위에 있다는 것은 허튼 짓이나 소모적인 일들을 잘 하지 않는다는 뜻이기도 하다. 먹어 봐야만 똥인지 된장인지 아느냐고 하지만 진실로 먹어 봐야만 아는 이들이 있다.

　그러면 나는? 먹어보지 않아도 구분은 하는 정도다.

　지금이야 나이가 있으니 당연한 일이겠지만 이른 나이부터 그랬던 것 같다. 삶에서 일어나는 보통의 사람이 겪는 태반의 일들은 직접 겪을 필요가 있나? 그냥 보기만 해도 다 알겠는데……. 나의 착각이거나 교만이거나.

아무튼 이런 내가 뭔가에 정신을 파는 일은 좀처럼 없다. 무슨 인생이 그리 건조하냐고. 글을 쓰는 사람이 아닌 나의 또 다른 측근들은 글 쓰는 일 외에는 관심이 없는, 유흥에 시큰둥하기만 내가 무던히도 따분한 인생을 산다고 여긴다.

글을 쓴다고 하면 경험이 많아야 되는 거 아니냐고 야단한다. 목숨 건 연애는 해봤어? 애는 낳아봤고? 내가 고개를 저으면 그들은 이내 해본 것도 없으면서 무슨 글을 쓰느냐며 얕잡는 눈길로 나를 바라본다.

하기는 내 안에 들끓는 시위와 저항을 그들이 알 리 없다. 내 인생 안팎의 시끄러움을 다스려가며 내가 평정심을 유지하고 있다는 것을 그들은 모른다.

나 역시 남들이 말하는 뻘짓도 해보고 사달도 좀 내봤다. 내겐 시간 낭비요, 에너지 낭비인 일들이고 내 성격대로라면 하지 않을 그런 일들을 말이다. 해봐도 좋고 안 해봐도 좋지만 두 번을 할 만큼의 재미나 가치는 전혀 없는.

그리고 내게는 일어나지 않을 것 같던 사건이 나를 조롱하듯 벌어졌다. 지금껏 없던 일이고 내가 상상하지 못했던 일이고 앞으로도 일어나기 힘든 일이 될 것이다.

나이를 자실 만큼 자셨으니 내가 정신을 홀리는 일

만은 없어야 했다. 요물에 홀리듯 그렇게 나는 홀렸다. 그 이상한 일의 사건은 나의 꿈에서부터 시작됐다. 잘 때 꾸는 그 꿈.

나는 집과 연애를 하는 사람이다. 집 밖을 나가는 일이 별로 없고 나가도 동네를 벗어나는 일이 많지 않다는 뜻이기도 하다.

그래서였는지도 모른다. 남들은 횡재하는 꿈을 꾼다거나 사업이 번성하는 꿈을 꾼다는데. 나는 남자가 등장하는 꿈을 꾸었다. 이삼십대 때도 꾸지 않던 꿈이다. 집 밖에는 잘 나가지도 않고 남자를 만나는 일은 더욱 질색하니 장자의 호접지몽처럼 꿈에서라도 연애를 해보라는 계시인 건가. 집귀신처럼 사는 내가 오죽 답답하면 꿈에 남자를 다 보내나 싶기도 했다.

꿈인지 현실인지 분간하기 어려울 만큼 생생한 꿈이다. 한편으론 꿈이든 현실이든 남자를 만나봤으니 됐다. 연애를 꼭 현실에서만 하란 법 있나. 연애도 별것 아니라고 나 홀로 눙친다.

신기한 것은 남자를 만나는 꿈을 꾸고 나면, 누군가 나를 불러내는 일이 생긴다는 사실이다. 연락도 뜸하던 사람이 만나자고 연락을 취해온다. 꼼짝하기 싫은데 어딜 가자고 친구가 성화를 부리기도 한다. 등 떠밀려 나가는 수밖에. 그리고 나는 꿈속에서 만난 남자 캐릭터와 현실에서 마주하게 된다.

사달의 시작이다.

네가 미쳤다
아니, 내가 미쳤다
아니, 우리가 미쳤다

미치는 일은
자신이 닿고자 하는 그곳에 도달하는 일이고
도달하지 못했다면 못 미친 까닭이다

가닿고 싶은 그곳을 위해
너와 내가 미쳤다

네게 닿기 위해 내가 미치고
내게 닿기 위해 네가 미치고

네가 얻고 싶은 것을 내가 얻기 위해
내가 있고 싶은 곳에 네가 있기 위해

우리가 미쳐가고 있는 거라면

부디, 그런 거라면

나는 꿈을 통해 지금껏 세 명의 남자를 소개받았다. 누가 소개를 했냐고? 신이거나 자연의 섭리거나. 꿈에서만 만났느냐고 묻는다면 아니다. 현실에서도 그들을 만났다. 신기하게도. 세 명의 남자는 서로 다른 매력을 지녔고 개성도 남달랐다.

길든 짧든 나와 인연이 닿아 있는 캐릭터들이었던 것만은 분명하다. 셋 모두를 이야기하자면 지루하기도 할 것이다. 내게는 날을 새도 흥미로운 이야기이지만서도. 한 명의 캐릭터만 살짝 얘기해볼까 한다. 꿈에 나타나자마자 내게 다짜고짜 청혼한 캐릭터에 관해서.

기분은 나쁘지 않았다. 더 솔직히 말하자면 유쾌했다. 꿈에서 깨고 난 다음에도. 다시 생각해봐도 참으로 해괴한 꿈이기는 했다. 그렇다고 현실에서 그런 캐릭터를 만나게 될 것이란 상상은 하지 못했다.

청혼 받는 꿈을 꾸고 삼 일째 되던 날이다. 전에 알던 영화사 대표가 뜬금없이 전화를 걸어왔다.

시나리오 작업을 할 일이 생겼다는 말에 나는 시간 약속을 했다. 내게는 동네를 벗어나는 외출.

대표와 사무실에서 영화와 관련된 이야기를 잠시 나눴다. 저녁을 겸한 술자리는 자연스럽게 이어졌다. 다만, 예정에 없던 두 명이 추가로 합석했다. 한 명은 안면 있는 사람이고 또 한 명은 처음 보는 사람이었다.

술잔을 비우거나 젓가락질을 빈번하게 하거나 휴대폰만 들여다보거나. 그들 틈에서 나는 어색하고 불편함을 지우지 못했다. 나라도 말문을 열어야 할 것만 같았다. 분위기를 주도해야 될 것만 같았다.

나는 휴대폰을 손에서 놓지 못하는 내 앞에 있는 사람에게 먼저 말을 걸었다. 그날에 처음 본 남자.

"휴대폰 그만 보고 대화 좀 나누시죠?"

그는 변호사였다. 법과는 거리가 먼 생활을 해온 터라 작가인 나와 소통하는 일은 저작권에 관한 얘기가 몇 차례 오간 것이 다였다. 대화의 밑천이 금방 바닥났고 또 이내 서먹한 분위기가 이어졌다.

"몇 년생이에요?"

나는 아무 얘기나 대충 꺼냈다. 영화사 대표가 입을 다물고 있으니 잘 알지도 못하는 사람 앞에서 내가 할 얘깃거리가 딱히 없기도 했다. 어색한 분위기나 면해 보자는 궁여지책의 물음이었다.

그때까지 곧 벌어지게 될 놀라운 일을 그도 나도 함

께 있던 그 누구도 전혀 예상하지 못했다.

"나랑 동갑이네. 몇 월생이에요?"

그가 출생년도를 밝히자, 나는 또 태어난 월을 무심히도 물었다.

"구 월생이면 나랑 똑같잖아."

우중충하던 그곳으로 벚꽃잎이 흩날렸다. 장난기가 발동했다.

"생일을 동시에 말해보면 어때요?"

그와 나는 말이 떨어지기가 무섭게 동시에 각자의 생일을 읊었다. 나는 얼떨떨했고 또 숨이 멈춘 듯했다.

그는 자신의 말을 믿지 못해 내가 그런 표정이 됐다고 생각한 모양이다. 본인의 신분증을 꺼내 내게 내밀었다.

그는 나와 같은 해, 같은 월, 같은 날에 태어났다. 나와 같은 우주의 기운이 흐르던 그날에 태어난 캐릭터. 분위기는 금방 화기애애한 모드로 전환됐다.

"와, 운명이네. 이렇게 쌍둥이를 다 만나다니, 어떻게 이런 일이."

그야말로 세상에 이런 일이다. 생년월일이 같다는 것 말고 또 다른 공통점이 있는지 우리는 호기롭게 찾기 시작했다. 역학적으로 사주가 같으면 삶의 행보가 유사하다고 하던데 진짜 그런지 확인해 보고 싶은 마음도 있었다. 거기에 내 직업적인 호기심까지 더해지니 분위기가 나쁠 리 없다.

문학을 전공했다는 것. 성직자가 되라는 권유를 받았다는 것. 그 외에 특별한 공통점을 찾기는 어려웠다. 우리는 서로 다른 환경과 공간에서 생활했고 만나는 사람의 교집합도 없었다. 사주는 그냥 풀이에 불과하다.

아무튼, 그날 이후로 그는 수시로 나를 동네 밖으로 불러냈다. 그와의 인연에 관한 호기심에도 불구하고 내가 그와 만나는 일은 좀처럼 가능하지 않았다. 집에만 있는 내가 외출하려면 마음의 준비도 필요하다는 것을 그는 까맣게 모르는 듯했다.

내가 잠자리에 들 시간에 불러내니 사람 참 미칠 노릇이다. 반복되니 그냥 심심해서 장난하는 거라고 대수롭지 않게 받아넘겼다. 거리상으로도 멀어서 그 밤에 내가 동네 밖을 나간다는 것은 미치지 않고서야 있을 수 없는 일이다.

그는 해 뜨면 눈뜨고 해 지면 잠자리에 드는 나와는 정반대의 일상을 사는 캐릭터였다. 밤 열한 시나 열두 시가 되어서야 하루 일과를 마친 사람처럼 그는 내게 전화를 걸어왔다. 자정에 여자들과 함께 있는 사진을 찍어 보낸 다음이다.

그 시간에 함께 놀아주는 이들이 있는데, 자는 나를 왜 불러대는지 나로선 좀처럼 이해하기가 어려웠다. 생판 모르는 여자들 틈에 있는 그를 만나려고 야밤에 내가 움직일 이유가 도대체 뭐란 말인가.

외국에 오래 살아서 나와는 사고방식도 삶의 방식도 다른 사람쯤으로 이해했다. 문제는 나갈 수 없다는 내 말을, 그는 자신에 대한 거부감으로 받아들였다는 것이다. 끌리는 마음에도 만남은 이뤄지지 않고 어긋나기만 했다.

남다른 인연인데 이러다가 제대로 얘기 한번 나눠보지 못하겠구나. 그냥 이렇게 애만 태우다 끝나는 사이가 되겠구나.

나도 모르게 새 나오는 웃음은 씁쓸했다.

어느 날인가, 꼭두새벽에 그로부터 연락이 왔다. 불금에 밤새워 놀다가 지인들과 헤어져 만둣국을 주문한 상황이라고 했다. 밤새 놀았으니 지쳐 잠들기 바빠야 하지 않나?

도대체 어디로 튈지 모르는 캐릭터라 정상적인 시간에 얼굴을 보는 일은 처음부터 어려운 일이었다.

그날의 나는 이해되지 않는 이 캐릭터를 만나 보자고

작정을 좀 했던 것도 같다. 자정이 아니라 새벽이니 그나마 내가 움직이는 시간인 것이다. 제대로 된 대화를 한번은 나눠 보고 싶다는 마음이 나를 택시에 태웠다.

날밤을 샌 캐릭터에게는 비몽사몽한 시간이란 걸 생각지 못했다. 새벽잠을 설치고 나간 그곳에 혼자 있는 줄 알았던 캐릭터는 아는 동생이라는 여자와 함께였다. 게다가 얘기 좀 하자는 내 앞에서 그 캐릭터는 그 아는 동생을 들여보내지도 못했다.

지금 시간이 몇 시인데……. 밤새 같이 놀았을 것임에도 몇 달 만에 겨우 나를 만난 것임에도 그는 본인의 허세에만 빠져 있었다.

삶의 방식이 달라도 한참 다르고 생각이 달라도 너무 달랐다. 그와의 만남은 그렇게 뒤틀려갔다. 처음부터 어울릴 수 없는 사이였는지도 모른다.

이혼을 세 번 했다는 그의 말에 나는 농담처럼 아무렇지 않게 웃어넘겼다. 만약, 한 번이거나 두 번이라고 했다면 웃지 못했을 것이다. 세 번의 이혼은 내가 상상할 수 있는 수를 넘어섰고 내게는 감각이 없는 숫자일 뿐이었다.

능력이 좋다고 해야 할지, 불행을 자초했다고 해야

할지 가늠할 능력이 내게는 없다. 그저 그 어려운 일을 세 번씩이나, 였다.

삶의 경험치로 보자면, 그는 나보다 훨씬 많은 삶의 자산을 쌓아온 사람이다. 소설을 써도 나보다 그가 더 쓸 얘기가 많을 것 같았다. 복잡한 관계를 질색하면서도 내가 캐릭터의 인생사를 스폰지처럼 흡수한 것이 신기하기만 했다.

나의 홀림이 꿈에서 받은 청혼에서 비롯된 것인지는 알 수 없다. 그의 호출에 응하지 못하는 날들 사이에 그는 주기적으로 내 꿈에 나타났다. 소년의 모습이었고 어떤 때는 노년의 모습이 되어서 찾아왔다.

현실의 그와 꿈의 그가 마구 뒤섞였다. 어떤 게 그의 진짜 모습인지도 헷갈렸다.

네 번째 결혼을 한다고 알려왔을 때, 내 안에선 비명이 절로 터져 나왔다. 결혼은 그가 하겠다는데, 내 머릿속이 온통 복잡해졌다.

꿈이 주선한 그와 나의 강렬했던 인연이 그렇게 막을 내려갔다.

기왕에 남자를 만나게 할 거면 평범한 사람을 주선하던가요, 이건 아니잖아요.

나는 꿈을 관장한 신에게 화풀이를 해댔다. 한편으

로 그토록 복잡한 캐릭터를 내게 주선하고, 만나보라고 등 떠민 이유가 어딘가에 있겠지, 싶기도 했다. 무경험치에게는, 아니 작가인 내게는 특별한 캐릭터인 것이다. 어디서 그런 사람을 또 만나겠는가 말이다.

네 번째의 결혼을 그가 했는지 안 했는지 확인할 길은 없다. 인생의 반려자를 얻는 일은 의미 있는 일이다. 네 번째 결혼이라고 축하받지 못할 이유도 없다. 반려가 생겼다는 것은 행복한 일이고 축하받아 마땅하다. 내게는 해일이 밀려왔다 물러간 기분이지만.

그 덕분에 나는 다음 작품을 구상할 수 있게 됐다. 내가 쓰게 될 소설에서 그가 주인공으로 등장하게 될지는 확실치 않지만 또 다른 모델을 낳아주기는 했다. 로맨스 장르가 아니라 스릴러 장르라는 게 함정이라면 함정이지만.

어쨌거나 나는 그 소설 안에서 그와 나눠보지 못한 대화를 이어갈지도 모른다. 감정의 저 밑바닥에 깔려 있던 것들을 폭풍처럼 쏟아내게 될지 그 또한 알 수 없다. 나의 상상이 어느 날 밤의 꿈을 향해 날아가는 지금.

사환과 회장을 오가던 시절

작가가 되기 전, 나는 학원과 출판사를 겸한 사무실에서 근무했다. 직원이 몇 명은 있어야 될 것 같지만 나는 그곳의 유일한 직원이었다.

일반 교과 수업을 다루는 학원은 아니라서 방학에만 수강생이 몰렸다. 그 무렵에만 잠깐 상담과 접수를 겸한 직원이 생기기도 했다.

하지만 내가 생각해도 직원은 한 명이면 충분했다. 사장의 책 원고를 쓰는 일과 그 책을 만드는 일 그리고 학원 등록에 필요한 상담을 전적으로 도맡아 할 수만 있다면.

출근을 결정하기 전, 나는 내게 주어진 업무를 이해했다. 충분히 할 수 있는 일이어서 고민도 없었다. 내가 근무하는 동안 두어 명의 직원이 더 있었던 적도 있지만 그들은 한두 달을 넘기지 못했다. 관두라는 사람도 없는데 그들은 스스로 나갔다.

나는 본의 아니게 그곳의 장기근무 직원이 됐다. 관두고 싶은 순간이 있기도 했지만 직원이 혼자라 내 마음대로 관둘 수도 없었다. 강의실과 사무실을 청소하는 일은 물론 학원 상담과 출판 업무에 필요한 노동력을 나는 홀로 감당했다.

그렇게 꼬박 오 년을 근무했다. 내 인생을 통틀어 가장 오래 다닌 곳이다. 그동안의 내 월급은 동결 수준이었다. 그렇다고 월급에 대해 이의를 제기하거나 올려줘야 하지 않느냐고 요구해본 적도 없다.

거기엔 나만의 이유가 또 있다. 그동안 내가 만난 상사나 사장은 나의 입바른 말들에 불쾌함을 감추지 못했다. 틀린 말이 아니더라도 대놓고 말하는 겁 없는 직원을 누구도 좋아하지 않았다.

빈말은 할 줄 모르고 아부와는 더욱 거리가 먼 나의 직장 생활이 순탄할 리 없다. 그러고 보면 나의 이십대는 해고로 점철된 시기다. 회사가 인재를 보는 눈이 없거나 내가 조직에 어울리지 않는 특이한 사람이거나.

아무튼 이번 사장은 내가 만난 그동안의 사장들과는 완전 달랐다. 나의 입바른, 소위 사장의 자존심을 건드리는 말에도 노여움을 타지 않았다. 그냥 고개를 끄덕이거나 웃고 넘어갔다.

뭔가 대책을 세워야 하는 일 앞에서도 사장은 그냥 넘어갔다. 문제가 발생하면 해결하고 넘어가야 하는 나는 쉽게 화를 풀지 못한다. 회사의 일이고 사장은 그 대표이지 않은가 말이다. 사장은 회사 문제임에도 문제 의식을 갖지 못했다. 그러니 나만 방방 뛰는 직원이 된다.

사장은 눈을 똑바로 뜨고 제 할 말을 다하는 직원을 잘 버텨냈다. 내 눈에 힘이 들어가고 사장의 언성이 높아지고 난 뒤에는 며칠씩 각자의 일을 알아서 처리했다. 사장은 사장의 업무를, 직원인 나는 직원의 업무를.

이쯤 되면 사장 입장에선 직원이 아니라 상전도 이런 상전이 없는 것이다.

"어이구, 회장님, 벌써 나오셨습니까?"

사장은 사무실에 들어서자마자 내 책상 앞에 와서 넙죽 인사한다. 사장의 비아냥거림일 수도 있으나 나름 화해의 방식이기도 했다.

사장의 비위는 아랑곳하지 않는 곧이곧대로인 직원이 사장 입장에서 달가울 것 같지는 않다. 그렇더라도 하나뿐인 직원을 무턱대고 자르기도 뭣했을 것이다.

사장은 아무리 화가 나도 내게 관두라는 말을 절대 하지 않았다. 나를 해고하지 않는 것만으로도 나는 사장의 인품을 높이 샀다. 존경스럽기까지 했다. 어쩌면 당연한 일이었을지 모를 것임에도.

입사와 퇴사를 반복하던 그때. 그들은 나란 존재를 인정하지 않았다. 그저 소모품이었다. 내게는 생각이란 게 없어야 했다. 시키는 일만 하고 꽃처럼 웃으며 그들의 비위를 건드리면 안 되는 존재로만 인식했다.

내가 회사와 상사를 버텨낸다고 해도 그들은 나를 그냥 두지 않았을 것이다. 그런 상황에서 누가 내게 자르지 않을 테니 직장 생활을 평생 하라고 하면 나는 할 수 없을 것 같았다. 길게 하고 싶은 생각도 없었다.

거기엔 내가 없었다. 그때부터 나는 생각했다. 남의 간섭 없이 내가 내 목소리를 내며 할 수 있는 일이 무엇일지를. 그것도 죽을 때까지 내 의지대로 할 수 있는 그 일을 찾아야 했다.

작가가 되겠다는 생각을 그때에 했다. 서른 언저리였다. 지나온 시간들을 돌이켜보면 나는 장벽에 부딪힌

다음에야, 더는 앞으로 나아갈 수 없다는 것을 깨달은 후에야 돌아가는 길을 모색했다.

작가가 되어야겠다고 생각은 했지만 그렇다고 당장 될 수 있는 것은 또 아니었다. 나만의 훈련과 습작의 시간이 필요했다.

오 년 동안의 월급 동결에도 내가 그곳을 흔쾌히 다닌 데에는 이유가 있다. 직원이 혼자라는 것도 좋았고 다양한 업무에 비해 일이 그렇게 과하지 않은 것도 좋았다. 직장 생활을 하면서 처음으로 눈치 보지 않고 일할 수 있는 유일한 곳이기도 했다.

월급을 동결하든 말든 내 관심은 다른 곳에 있었다. 서른셋이 되던 그해, 나는 충무로로 작가 수업을 받으러 다녔다. 근무가 끝나면 애인을 만나러 가듯 충무로로 달려갔다.

그런 날이면 사장보다 먼저 내가 사무실을 빠져 나왔다. 사장은 그런 내게 싫어도 싫다는 내색을 하지 못했다.

사장은 일을 시켜놓고 돌아서기가 무섭게 다 했느냐고 확인하기 일쑤였다. 사장의 그 급한 성격을 맞춰줄 수 있는 직원은 없기 십상이다.

사람 비위는 맞추기 어려워도 사장의 일 비위를 맞

추는 것은 내게 그다지 어렵지 않았다. 나 같은 직원을 새로 구하기가 어렵다는 것을 나도 알고 사장도 알았다.

시나리오 수업은 설레고 재미가 있었다. 아무리 힘들고 엿 같은 일이 근무 중에 있었어도 그곳에서는 다 잊었다.

출근과 글쓰기를 병행하는 날들이 이어졌다. 조카와 한 방을 쓰던 때였고 나의 집필실은 내가 출근하는 사무실이었다. 나는 일곱 시면 사무실에 나와 있었다. 사장이 출근하기 전까지 시나리오 쓰기에 매달렸다.

나의 근무는 사장의 출근과 함께 이뤄졌다.

월급 인상? 안 해줘도 괜찮았다. 서운하지 않았다. 내가 월세를 줘야 할 판이라고 여겼다. 사무실이 곧 나의 집필실이기도 했으니 불만은 없었다. 인상 요구도 없는 직원의 월급을 사장이 알아서 올려줄 리도 만무하다.

사무실은 무려 오 년 동안 나의 집필실이자 쉼터였다. 휴일에도 홀로 사무실에 나가 시간을 보낼 정도로 내게는 더할 나위 없는 곳이었다.

나의 이중생활을 사장은 몰라야 했다. 휴일에도 사무실에 나와 있는 나를 보면 당황할 게 뻔하다. 그리고 비밀은 언젠가는 들통 나기 마련이다.

언니 집에 시댁 식구들이 모이던 그날, 내게 만만한

곳은 사무실이었다. 직원은 나 혼자고 사무실 키도 있으니 방해받을 일도 없다.

나는 온돌의 휴게실에 누워 혼자만의 상상과 공상에 젖어 시간을 보냈다.

얼마나 시간이 지났을까. 사무실의 잠긴 문이 덜거덕거렸다. 나는 놀라 벌떡 일어나 앉았다.

사장이다. 휴일에 사장이 왜 나와? 없는 척 숨어 있어야 할까? 그러다 사장이 먼저 나를 발견하면?

휴일에 일도 없는 사무실에 나와 있는 나를 사장은 또 어떻게 생각할지, 아찔했다. 도둑 취급이나 당하지 않으면 다행일지 모른다. 문 앞에서 대기하고 있다가 휴일에 어쩐 일이시냐고 천연덕스럽게 인사하는 게 나을까?

난감하고 당혹스런 순간, 어떻게 위기를 모면할 것인가에 대한 생각들이 빠르게 스쳐갔다. 숨어 있다가 발각되면 문제가 더 커진다. 나는 잽싸게 나가 사장을 맞아주는 쪽을 선택했다.

"어머, 사장님, 나오셨어요? 저는 시내 나왔다가, 지나는 길에 그냥 한번 들려봤는데…… . 사장님은 휴일에 왜?"

나는 사무실 문이 열리기 무섭게 조금은 뜬금없는 얼굴로 인사했다.

사장은 나를 힐끔 봤다. 내 말에 그랬냐는 듯이 고개를 살짝 끄덕였다. 그게 다였다. 별말 없이 나를 뒤로 하고 사장실로 쏙 들어갔다.

사장도 어지간히 갈 곳이 없었나 보다. 가족과 야외로 나가든가 해야 하는 것 아닌가. 이런 화창한 휴일에 사무실에 나오다니, 나야 그렇다고 치지만 처자식이 있는 사장의 사무실 나들이는 좀 측은하게 느껴졌다.

유월의 어느 화창한 휴일. 사장과 나는 각자의 책상 앞에서 장시간을 보냈다.

학원 운영을 고민하고 있을까. 아니면 자식 교육을 고민하고 있었을까. 그것도 아니라면…….

내 생각은 꼬리에 꼬리를 물었다. 내 월급을 올려줘야겠다는 고민을 하지 않았다는 것만은 확실하다.

휴일에 도둑 출근을 한 나에게나 가족을 두고 휴일에 출근한 사장에게나 사무실은 각자만의 아지트였다. 사장은 사장실에 앉아서, 나는 내 책상에 앉아서 각자의 생각과 상상을 이어붙이기 하며 휴일의 한때를 그렇게 묵직하게 흘려보냈다.

행운은 좀 엉뚱합니다만

편의점에 들어가 먹을 것을 훔치다 잡혔다는 남자의 뉴스가 나온다. 충분히 이해한다. 사나흘을 굶으면 누구라도 편의점을 털게 되지 않을까?

당시, 작가라는 직업은 있었지만 수입은 없었다. 누구 말마따나 앞으로 빌어먹을 일만 남은 것이다. 벌이도 없이 무슨 깜냥으로 독립을 강행했는지 알다가도 모를 일이다. 하지만 그때는 그것이 최선이었고 내게는 기회였다. 내가 온전히 홀로 설 수 있는.

굶는 일이 있더라도 돈을 빌리는 일은 하지 않기로

했다. 언제 돈이 벌릴지 모르고 언제 갚겠다는 약속은 더욱 할 수 없었다.

이건 나의 삶이다. 내 스스로 책임질 수 있는 선에서 내 삶을 꾸리기로 했다. 경제든 정신이든 건강이든 내 스스로 통제하고 통솔할 수 있어야 한다.

빈곤의 날은 너무 빨리 다가왔다. 노트북 앞에 앉아도 글이 나가지 않는다. 멍하니 있다가 어디서 돈 좀 안 떨어지나 하고 망상에 빠져 들기도 한다. 그러다 혹시나 싶어 논문 편집을 도와주고 받았던 돈 봉투를 다시 살폈다. 돈은 이미 다 꺼내 쓰고 재활용하려고 보관했던 것들이다.

나는 봉투 하나에서 십만 원짜리 수표 한 장을 발견했다. 많이 넣었을 것이란 생각을 못 했기에 수표 한 장을 앞서 꺼내고 그게 다라고 여겼던 것이다. 생각지도 못한 수표를 발견하고 나는 행복했다. 세상을 다 가진 것 같은 행복감은 아니었을지라도 온기 충만한 크리스마스이브였다. 수표 한 장을 손에 들고 혼자 감동해마지 않던 날이다.

당장, 무슨 일이든 해야 했다. 마흔 넘어 이력서를 내는 일은 신통치 않았다. 대학에 시간강사 자리를 얻는 것도 쉽지 않았다. 암암리에 다 내정된 자리. 지원 서류에 연구 자료 등을 준비해 발송하느라 헛고생만 허벌나게 했다.

그 무렵, 대학에 교수로 있던 선배의 소개로 대전에 자리가 하나 생겼다. 서울에서 대전까지 왕복할 생각을 하니 만만치 않았다. 다시는 제안이 오지 않을 것임을 알면서도 나는 끝내 고사했다. 그만큼의 돈을 안 쓰는 쪽으로 가닥을 잡았다. 아직 배가 덜 고팠나보다.

나의 온전한 독립은 처참했다. 경제적으로도 정신적으로도 흔들렸다. 자존심 때문에라도 하지 않던 말들이 목구멍에서 절로 튀어 나올 정도였다.

하루는 눈만 감았다 뜨면 지나가고 계절의 바뀜도 한순간이었다. 내가 집의 붙박이로 있는 동안 무릎에 이상이 생겼다. 의자에 앉아 장시간을 보내면서 운동은 하지 않으니 끝내 탈이 난 것이다. 어떻게든 걸어야 했다.

여름이라 해가 뉘엿뉘엿한 시간에 대로변을 따라 동네를 산책했다. 익숙해지고 나서는 불광천을 따라 한강까지 오가기도 했다. 내가 사는 동네의 속살에 조금이나마 관심을 갖게 된 것도 이때부터였던 것 같다.

그리고 공과금 납부도 하고 산책도 할 겸 집을 나선

날이다. 집에서 입고 뒹굴던 차림 그대로 모자 하나만 눌러쓴 채였다. 바지의 무릎이 좀 나오기도 했겠고 허리엔 휴대폰과 지갑을 넣으려고 허리가방도 착용한 차림새다.

내가 이용하던 은행이 전보다 한 블록 더 떨어진 곳으로 이사했다. 은행에 가려면 내가 다니지 않던 한 블록을 더 걸어가야 했다. 새롭게 간 그 길에서 나는 주변과 어울리지 않는 신축 건물을 발견했다.

내 눈이 휘둥그레졌다. 노랑과 주황색이 포인트인 건물은 산뜻하게도 내 마음을 사로잡았다.

은행 볼일을 마치고 돌아오는 길, 나는 무작정 그 건물 안으로 들어갔다. 평생학습관이란 간판이 붙어 있으니 내가 못 들어갈 것도 없었다. 건물 곳곳을 홀로 헤집고 다녔다. 아기자기한 공간들이 곳곳에 숨어 있었다.

내 취향의 건물이라고나 할까. 내가 놀기에도 안성맞춤인 곳이다.

나는 그 건물이 마음에 들었다. 학습관이란 것도 좋았다. 그곳에서 유유자적한 시간을 보낼 나만의 상상에 기대가 부풀었다.

이곳에서 보낼 수 있는 시간을 어떻게든 만들어야겠다. 나는 당장 실행에 옮겼다. 미룰 일도 아니었다. 마음에 드는 강의가 있다면 선택해 신청하면 된다.

나는 수강생을 위해 마련된 컴퓨터 앞에 앉아 학습관의 홈페이지를 찾아 훑었다. 강좌는 소개되기 전이고 학습 봉사 지원자를 받는다는 공고가 홈페이지에 있었다.

학습 봉사자라도 상관없었다. 내 목적은 학습관 건물에서 노니는 것이고 소임이 있다면 더 편하게 들락거릴 수 있을 것이다.

나는 사무실에서 나오는 직원의 앞을 다짜고짜 가로막았다.

"학습 봉사자 지원을 받는다고 하던데, 어떻게 하면 돼요?"

내 질문에 직원은 적잖이 당황했다.

학습관 건립과 더불어 오픈 강좌는 내달부터였다. 학습 봉사자 지원을 받는다고는 했지만 그 쓰임도 확실히 정해지지 않은 상황이었다.

"무슨 일을 하시는 분인데요?"

"글 쓰는 사람입니다만······."

그 말이 끝나기 무섭게 직원은 나를 그들의 팀장에게 데려갔다. 팀장과 대화를 나눠보라는 것이다.

이렇게 막 나온 차림으로? 이러고 팀장을 만나는 건 좀 예의가 아니지 않나? 난 그냥 학습 봉사자 구한다고 하니까 지원하려는 것뿐인데. 접수만 하고 가면 되는 것 아닌가? 팀장을 내가 굳이 지금 만나야 할까? 이럴 줄 알았으면 차림새나 제대로 하고 나오는 건데 말이다.

직원의 뒤를 따라가는 동안 온갖 잡생각이 스쳐갔다. 창피함은 내 몫이고 나는 얼떨결에 팀장과 마주 앉게 되는 상황에 직면했다.

"작가시라는데요."

직원이 나를 소개하자 팀장의 얼굴엔 화색이 돌았다. 반색한 얼굴로 내게 자리를 권했다. 내 몰골은 보이지도 않는 모양이다.

"우리가 글쓰기 관련 강의를 해줄 작가 분을 찾고 있었어요."

팀장은 이제 살았다는 표정으로 자신의 상황을 설명했다.

요지를 듣자니 대충 이런 거였다.

학습관 개관을 앞두고 7월부터 개강에 들어간다. 오늘 중으로 강사 라인업을 마쳐야 한다. 그런데 글쓰기 관련 강의를 맡아주기로 했던 작가가 갑자기 유학을 통보해 왔다. 초등학생과 어른들을 위한 글쓰기 수업을 맡아줄 작가를 구하지 못해 나는 지금 매우 난감한 상황에 있었다. 그런데 당신이 나타났다. 우리 강좌를 맡아

줄 수 있겠는가?

당연히, 물론, 엄청 잘할 수 있다. 어리둥절함에도 나는 흔쾌히 고개를 주억거렸다.

"간밤 꿈에 꽃이 활짝 피더니만 일이 이렇게 해결이 되네."

팀장은 자신의 문제가 해결된 듯 안도했다. 화사한 웃음을 내게 지어 보이면서.

나는 그냥 학습관 건물이 마음에 들어서 들어갔을 뿐이다. 내가 놀고 싶은 곳을 찾았을 뿐이다. 팀장의 제안은 길 가다 제법 큰 액수의 공돈을 주운 기분이랄까. 내 돈은 아닌데, 내가 가져도 되는 돈인지 고개가 갸웃거려졌다.

뭐가 이렇게 쉬워? 아무런 노력도 하지 않고 뭔가를 날로 먹은 기분이 들었다.

강사 자리 하나 얻어 보겠다고 밤낮으로 지원 서류를 작성하고 연구 자료들을 챙기던 일들이 스쳐갔다. 아는 사람 없이는 내가 높은 점수를 얻어도 소용이 없다는 것을 알았을 때는 그야말로 허탈하기도 했다. 그랬음에도 소개해준 선배의 노고도 무색하게 멀다는 이유만으로 거절했다. 아쉽지는 않았지만 엉뚱한 곳에서 나를 반기니 어안이 벙벙할밖에.

어쨌거나 그날, 나는 집에 돌아와 두 개의 강의 기획 안을 뚝딱 해치웠다. 나의 프로필을 덧붙여 학습관 팀장에게 이메일로 발송했다.

그 후로 꼬박 칠 년 동안 나는 월요일마다 동네 주민들과 만났다. 총 천연색의 크고 작은 꿈들이 내 앞에 있었다. 내 이웃의 일상과 서로 다른 삶을 살아온 인생이 그곳에 있었다.

나와 같은 공간에서 동시대를 살아가는 다양한 연령층의 동네 친구들이 생기기 시작했다. 그렇다고 그 친구들을 내가 거저 얻었다고는 생각하지 않는다.

적어도 그날의 나는 다른 사람이 하지 않는 그 무엇인가를 했다는 것이다. 즉흥적인 사소한 행동이었을망정 누군가 내가 나타나기를 간절히 기다리고 있었던 순간에 내가 해야 할 바로 그 일을.

행운은 그렇게 등 뒤에서 찾아온다.

Chapter

당황스럽게시리

"어떤 일이든
내가 예상한 대로 된다고 생각하지 않는다.
또한 모든 것이 내가 짐작한 대로 되는 것도 아니다.
실제로 내가 느끼는 것은
매사 어떤 것인지 전혀 알 수 없다는 것이다."

_ 데보라 아이젠버그

눈앞이 캄캄했습니다만

변비처럼 꽉 막힌 도로는 뚫릴 기미가 보이지 않는다. 2차로 자리를 옮기는 그 사이에 나는 회식 무리에서 빠져나왔다. 노래방에 가자는 회유를 뿌리치고서였다.

내겐 세상 재미없는 곳이 노래방이다. 유행가를 들으며 자라지 않은 까닭이다. 그렇다고 클래식을 들으며 자란 것도 아니지만.

우주의 기운을 갖고 태어난 어떤 캐릭터는 음악만 나오면 몸이 절로 움직였다. 리듬감을 타고 났나. 어떤 때는 작곡을 했다며 듣고 감상평을 말해달라고 했다. 음악은 보내오지 않았다. 진짜 작곡을 했는지 확인할 길은 없지만 음악에 몸을 맡기는 그 캐릭터가 신기하긴 했다.

나는 지금이나 그때나 내가 해야 하는 것들을 놀이로 승화시키는 일에는 일가견이 있었다. 분명히 그러함에도 놀이로 승화되지 못하는 것들이 있다. 노래방에 가거나 동창회 혹은 클럽에 가는 일과 같은 것들. 누군가에게는 흥미로운 놀이가 내게는 흥미 없음이다.

내가 음치에 박치인 것도 이유가 될 것이다. 학창 시절에도 내가 첫 음을 잡으면 음악 선생님은 "됐어. 들어가고 다음!" 그랬다. 나의 청각은, 몸은 리듬감과는 거리가 멀었다.

어쩔 수 없이 따라간 노래방에서 내가 좋아하는 시를 낭송하는 것으로 내 차례를 넘긴다. 사회생활이란 건 때때로 나와 다른 무늬와도 어울리게 만든다. 그 안에서 괜히 신경이 곤두서고 무료해 하는 나를 발견한다.

나는 어쩌다 이렇게 생겨먹게 된 걸까.

애기가 엉뚱한 곳으로 샜다. 다시 처음으로 돌아와서 나는 밀리는 버스 안에 있었다. 회식 자리에서 마신 맥주가 화근이다. 두세 잔 마신 것이 전부여서 볼일을 미뤘다. 문제는 도로의 차들이 정체되어 있다는 것.

거북이도 못 되던 버스가 졸도한 토끼처럼 꼼짝하지

않는 동안 나의 요의가 말할 수 없게 부풀었다. 버스가 어서 정류장에 닿기만을 기다렸다. 일착으로 잽싸게 내릴 것이다. 하지만 평소 같으면 몇 분 이내에 닿을 그 짧은 정류장 구간이 그날은 세상없이 길었다.

정류장과 정류장의 중간쯤에서 버스는 도대체 움직일 생각을 하지 않았다. 주리를 트는 것도 한계에 도달했을 무렵, 드디어 버스가 정류장에 닿았다. 문이 열렸다.

나는 몸을 재게 놀려 다른 누구보다 앞서 하차했다. 이제 어디든 화장실만 찾으면 된다. 운 좋게 두 번째 들어선 건물에서 공중화장실처럼 여러 개의 문이 들어선 개방 화장실을 찾을 수 있었다.

요의가 사라지자 죽었다 살아난 기분이었다. 마음도 느긋했다. 나는 손을 닦고 출입구로 향했다. 그런데 이게 대체 무슨 조화람? 방금 전에 내가 들어왔던 문이 열리지 않는다.

문은 안에서 열리는 게 정상이다. 아닌가? 밖에서만 문을 열게 되어 있나? 당황한 나는 기본적인 상식에도 의문을 품고 만다.

전혀 열리지 않는다. 나는 좌절했다. 화장실 출입구의 손잡이를 양손으로 부여잡은 채 머리를 문에 박았다. 꼼짝없이 갇혔다. 여기서 밤을 보내야 한다. 온갖 생각이 스쳐가고 생각할수록 난감했다.

다른 사람이 오지 않는 한 나는 여기서 나갈 수 없다. 문은 내일 아침이나 되어야 겨우 열릴 것이다. 급한 불을 껐다는 안도감도 잠시 나는 또 다른 불에 속수무책이었다.

평온하고 안락한 잠자리는 날아갔다.

화장실 안에서 어떻게 하룻밤을 보낸단 말인가. 누군가 문을 열어주지 않는다면 어쩔 수 없다. 내일 아침까지 어떻게든 버티고 보자. 그 와중에도 어떻게 하면 화장실에서 잠을 이룰 수 있는지를 떠올리고 있었다. 잠을 못 자면 죽기라도 할 것처럼.

좌절과 체념으로 돌아선 나는 닫힌 문에 등을 기댔다. 아침이 올 때까지 이곳엔 나 혼자다. 밤새 서성일 수도 있다. 힘들면 변기에 앉아서 눈을 붙이거나 아침을 기다려도 된다. 운이 좋다면 말이다. 자정이 넘어가기 전에 누군가 또 이 문을 열어줄지도 모를 일이다.

이런저런 생각으로 당혹감이 잦아들 무렵이었다. 사람 발소리가 가까이에서 들려왔다. 나는 그때까지도 절망스럽게 감고 있던 눈을 천천히 떴다

청바지 차림에 긴 생머리를 한 여자가 내 앞에 나타났다. 내 눈이 화등잔같이 커질 수밖에. 뒤통수를 둔기

로 얻어맞은 것처럼 나는 멍청하게도 서 있었다. 내가 등진 문 반대편에 문 하나가 더 있었다.

화장실 출입구가 양쪽으로 있었다니, 이럴 수가!

웃음은 갑자기 터져 나왔다. 조금 전까지만 해도 어쩔 줄 몰라 하던 나는 청바지 차림의 여자가 들어온 그 문으로 가면서 미친 듯이 웃어젖혔다. 내가 했던 상상을 곱씹으며 홀로 진저리를 쳤다.

공중 화장실의 변기에 앉아서 자는 영화 속 한 장면을 나는 그렇게 모면했다.

닫힌 문이 어디 화장실문 뿐일까. 나는 삶의 곳곳에서 열리지 않는 문들과 종종 마주했다. 견고한 장벽이라 내 힘으로는 도저히 무너뜨릴 수도 없고 뛰어넘을 수도 없는 그런 문들을 말이다.

내게는 열리지 않는 그 문들 앞에서 나는 또 얼마나 많은 속울음을 게워냈는지 모른다. 그때마다 내가 열 수 있는 또 다른 문을 찾아 나는 헤맸다.

나를 고집하지 않으면 내가 열 수 있는 문은 어디에나 있었다. 하지만 나 자신을 문밖에 두고 가는 일은 내 인생에 아무런 의미가 없다.

해고가 일상이면
좀 그렇습니다만

지금도 그렇지만 그때도 취직은 내게 요원한 일이었다. 그래도 그땐 어렸고 누구나 탐낼 만한 일꾼이긴 했다. 하나를 알려주면 열을 헤아리는 그런 캐릭터라고 누군가 내게 그렇게 말해줬던 것도 같다.

나의 영리함을 알아봐준 사람을 만난 건 내 나이 서른을 훌쩍 넘기고서다. 내 인생의 스승을 만난 건 마흔 무렵이다.

나를 알아봐준 분들을 내가 좀 더 일찍 만났더라면 어땠을까? 지금과는 다른 생을 살고 있지 않았을까? 가끔은 내 나름의 상상으로 또 다른 내 삶을 살아도 보지만 내가 도달하게 되는 것은 결국 내가 지닌 본성이다. 정체성 같은 것 말이다.

어떤 삶을 살든 내 성격, 내 가치관, 내가 하게 되는 선택들이 내 삶을 수놓게 된다는 말이다. 무엇을 했느냐보다 어떻게 살았느냐가 더 중요한 그런 것들이다.

내 인생은 탄탄대로를 타고 오지 않았다. 나보다 더 심한 자갈밭의 비포장도로를 달려온 이도 있겠지만. 각자의 인생은 각자의 모습으로 순탄하지 않다.

고모와 엄마의 말에 의하면 난 미취학 아동일 때부터 가위를 잘 다뤘다. 고사리 같은 작은 손에 잡힐 리 없는 성인용 가위를 잘도 만졌다. 그때부터 뭔가 만들어내는 일에 재주를 타고 났다는 걸 주위 사람들에게 각인시켰다.

어른도 다루기 힘든 가위를 저리도 잘 다루니 미용사가 되거나 재단사가 되지 않을까. 하지만 나의 첫 직장은 직원이 오십 명쯤 되는 전기 관련 전문 잡지를 발간하는 회사였다.

나는 국문학을 전공했다는 것만으로도 수혜를 입었다. 내가 전혀 예상하지 못한 의외의 취업이었다. 디자이너가 되겠다는 꿈을 한방에 날려버리고서였다.

일을 떠올리자니 그때의 충격이 해일처럼 밀려온다.

뭐, 어쩌라고. 이미 다 지나간 일이라고 말하지만 지나간 일도 현재의 일처럼 생생하게 느껴질 때가 있는 법이다.

하나만 보고 달려왔는데, 그것이 사라졌을 때의 황당함. 내 삶의 방향키를 잃어버리고 원점에 다시 선 그 기분인 것이다.

언니의 신혼집에 군식구가 된 나는 어떻게든 취직을 해야만 했다. 그래야 언니 집에 머무를 구실이 생기니까.

나는 대학 시절을 의류학과 강의실과 양재스쿨을 드나들며 보냈다. 그리고 스물 중반이던 그 무렵에 나는 유니폼 관련 사업을 하는 분을 소개받았다.

드디어 내가 원하던 일을 할 수 있겠구나.

나는 가슴이 부풀었다. 한껏 차려입고 약속 장소로 향했다.

서른 중반의 여 사장은 유니폼 업계에선 꽤나 잘나가는 분이었다. 디자이너를 구하던 참에 나를 소개받게 된 것이다. 하지만 내가 건넨 이력서를 확인한 그는 반기는 기색이 아니다. 그 앞에서 나는 긴장했다. 그의 입에서 무슨 말이든 나오기를 기다렸다.

"전공이 의상학이 아니고 국문학이네요?"

느낌이 안 좋았다. 나는 일이 틀어졌다는 것을 직감

했다. 소개한 사람의 면이 있으니 내게 무슨 말을 어떻게 해줘야 할지 고민하는 듯했다.

그가 깊은 한숨을 토해냈다. 그리고 조심스럽게 힘이 들어간 어조로 패션 업계에 발을 들이고 살아남는 몇 가지의 방법에 대해 일장 연설을 하기 시작했다.

내가 한번도 생각해보지 않은 디자이너로서의 삶과 미래에 대한 내용을 구체적이고도 상세하게 들었다. 덧붙여, 그는 몇 년 동안 심부름만 하다 결혼하면 관두게 될지도 모른다는 말도 섞었다. 자신의 회사에 나를 입사시키는 것은 곤란하다의 의미로 나는 해석했다.

하지만 사회 초년생인 내가 내 인생 전반에 관한 조언을 들은 것은 그때가 처음이었다. 그동안 누구도 말해주지 않은 디자이너로서의 인생, 아니 한 개인의 평생에 걸친 삶의 설계를 처음으로 접했다. 막연하게 그리던 것들이 리얼타임으로 파노라마처럼 펼쳐졌다.

그는 내 인생에서 처음 만난 진짜 선생이었다.

그와 헤어지고 돌아온 그날의 나는 잠 한숨 이루지 못했다. 이부자리에 누워 밤새 뒤척였다. 내 짧은 인생에 잘못 들어선 것이 무엇인지를 생각해야 했다.

시켜만 주면 뭐든 잘할 것 같은데 말이다. 그는 전공이 다른 나를 믿지 못했다.

나의 더 큰 고민은 내가 내 인생을 너무 쉽게 결정지었나 싶은 것이었다. 다들 나처럼 마음이 시키는 것을 하면서 앞으로 나아가는 게 아니었나? 헷갈렸다. 혼돈의 소용돌이가 나를 가두고 마구 휘저었다.

국문학 전공자인 나는 의류 업계로 들어가는 길 앞에서 선회했다. 당장 무슨 일이든 해야 했지만 무엇을 해야 할지 몰랐다.

잡지사에서 일해 보지 않겠냐는 제안은 그 무렵에 받았다. 국문학 전공자라고 다 글을 잘 쓰는 것도 아닌데 말이다. 서류 면접만으로 그냥 통과였다.

나를 굳이 설명하지 않아도 됐다. 뭐가 이렇게 쉬워? 내가 원하지도, 생각해본 적도 없는 일이 내게 주어졌다. 해야 했다.

해고는 입사 삼 개월 만에 일어났다. 내게 해고 통보를 한 회사는 내게 납득할 만한 설명을 해주지 않았다. 업무 능력이 안 된다거나 회사에 손해를 입혔다거나 또 다른 어떤 이유가 있다거나. 지금처럼 회사 마음대로 직원을 해고할 수 없는 때가 아니었으니 해고하면 당하는 게 수순이다.

회사 초년생이었던 나는 이런 경우가 어디에 있냐고 따지지 못했다.

두 번째 해고를 앞에 두고서야 나는 첫 번째 해고의 이유를 짐작했다. 내가 매사에 분명한 생각과 주장을 갖고 있다는 게 그들에게 문제로 작용했다. 누군가는 그것이 왜 문제가 되느냐고, 생각도 주장도 없는 게 문제 아니냐고 할지 모르겠다.

모든 일은 상황에 따라 해석을 달리하고 파장도 다르게 일어난다.

나의 말과 행동이 합당하더라도 그래서 더욱 불편해하는 이가 있다는 사실이다. 그들 사이에서 내가 조금은 아둔한 존재가 되어야 한다는 것을 두 번째 해고를 당하고서야 나는 어느 정도 짐작했다.

일은 대충이면서 자신의 이익에 약삭빠른 이들을 겪으면서 나의 직장 생활은 회의로 가득 찼다. 그들은 나를 자신들의 생계를 위협하는 그런 존재쯤으로 여겼던 것 같다. 내가 그렇게 대단한 존재가 되지 못함에도 불구하고.

나는 그들의 것을 탐하거나 그들의 일을 방해한 적이 없다. 내가 바란 것은 그냥 다 함께 잘되는 것이었다. 내가 가진 재주란 게 좀 있어서 그들이 그것을 원한다면 기꺼이 부려줄 용의가 있었다. 내가 할 수 있는 일이라면 나쁜 일이 아닌데 못 할 이유가 없잖은가.

하지만 내가 누군가를 돕는 일이 또 다른 누군가에

게는 못마땅한 일이 될 수도 있다는 사실을 그때 알았다. 나를 해고할 수밖에 없는 그들에게 그 따위로 살지 말라고 욕설이라도 한 바가지 퍼부어줘야 시원하겠으나 그것마저 맥이 빠졌다. 내 코가 석 자임에도 내 눈에 비친 그들은 그저 불쌍한 인간들이었다.

내게 직장 운이 없다는 것을 뼈저리게 알아채야 했다. 한창 일을 배워도 시원찮을 이십대를 나는 득도 안 되는 관계에 시달리고 부대끼며 건너왔다. 내일은 깨어나지 않는 아침이 되었으면 좋겠다는 생각으로 잠자리에 드는 날들이 부지기수였다.

나의 이상은 높고 현실은 바닥을 기었다.

나의 삶에 대해 집중하는 시간이 늘어갔다. 나란 인간이 어떤 인간인지에 대해, 길고 긴 내 인생에 대해.

마흔이 되고 오십이 되어서도 지금의 이런 직장 생활을 이어나갈 수 있을까?

나는 고개를 저었다.

결혼하면 연필 한번 제대로 잡아보지 못하고 디자인실을 떠나게 될 것이라던 그를 나는 종종 떠올렸다. 몇 년은커녕 수십 년을 비혼으로 있는 나를 지금 다시 만난다면 그가 무슨 말을 해줄지 궁금하기도 하다.

내게는 인생의 비전을 세울 수 있게 해준 진짜 선생

이지만 그의 말이 모두 옳은 것은 아니다. 결혼을 운운하며 그런 구태의연한 방식으로 쉽게 내 인생을 재단해서는 안 되는 거였다.

여자에게도 일은 결혼의 유무와 상관없이 중요하다. 남자에게도 육아휴직이 주어지는 시대가 되었지만 인생에서 얻고자, 이루고자 하는 모든 일은 남녀 모두에게 공히 중요하다.

혼자 놀기를 좋아하는 내게는 육십, 칠십 아니 팔십이 되어도 할 수 있는 것이 필요했다. 나이를 먹어도 가능한 일을 찾아 나는 뒤늦게 글쓰기에 입문했다.

시나리오를 교육 받던 충무로에서 나와는 다른 듯 같은 길을 걸어온 친구를 만났다. 대학에서 의류환경학을 전공하고 패션업계에 종사하다가 글쓰기에 입문한 친구다. 결혼하고 딸을 낳아 돌보면서도 꾸준한 작품 활동을 이어가고 있는 지금은 중견작가다.

나 또한 글쓰기를 중단한 적은 없다. 나만의 글쓰기에서 나를 해고할 수 있는 사람은 오직 나뿐이다. 그것이 위안이라면 위안일까.

작가로서의 내 삶이 내 생각만큼 시원했던 적은 없다. 주변 환경이 좋지 않으면 성장을 멈추는 나무처럼 나는 그렇게 십여 년의 시간을 나만의 방에서 보냈다. 내

방에 들어앉은 십여 년 동안 나의 글쓰기는 수도자의 수행처럼, 스님의 염불처럼, 수양의 도구였을 뿐이다.

내가 선택한 길은 무엇 하나 내 뜻만큼 이뤄지지 않았다. 나의 글쓰기는 그런 내 인생에 보내는 화해의 친서에 다름아니다.

내 선택을 탓해 본 적은 없다. 혼자 시간을 보내기에 더할 나위 없이 좋은 완벽한 놀이다. 혼자의 삶에 필요한 것은 많지 않다. 나는 충분히 가졌고 언젠가는 그것조차 필요치 않은 날들이 올 것이다.

일상을 여행자처럼 누비고 사색하는 일은 살아 있음이다. 나란 존재가 지금 있음이다. 성공한 인생인가 아닌가는 내가 얼마나 많은 것을 느끼고 또 얼마나 많은 감동을 얻었는가, 그 여부에 있다.

느낌이 없는 삶, 감동을 얻지 못한 삶이라면 어찌 살았다고 말할 수 있을까. 저마다 인생의 봄이 다르다. 누군가는 이른 나이에 맞이하기도 하고, 누군가는 늦은 나이에 자신의 봄과 만나기도 한다.

봄이 오지 않는다고 꽃이 피지 않는 것도 아니다. 사계절 내내 꽃은 피고 겨울에 피는 꽃은 흔하지 않아서 더 귀하지 않은가 말이다.

페미니즘이 아직 필요한 시대에 살고 있습니다만

　사장이 나를 사장실로 불렀다. 새로운 직원이 다음 주 월요일부터 출근하게 될 것이라는 반가운 소식을 전한다.

　그렇단 말이지. 새로운 직원이 오면 바통 터치를 할 수 있겠네.

　출근 오 년 차를 넘긴 나는 회사가 따분해졌다. 글만 쓰면서 지낼 수 있다면 좋겠다는 유혹이 나를 부추겼다. 직원이 혼자라 관두고 싶어도 내 뜻대로 할 수 있는 게 아니었다. 새로운 직원이 온다니, 이 얼마나 반가운 소식이란 말인가.

"학원 프랜차이즈를 할 생각이야. 그 일을 새로운 직원이 전담하게 될 거야."

"네에? 그게 무슨……."

나는 어리둥절했다.

사장이 언제부터 사업 확장을 계획한 것인지 나는 금시초문이었다. 사장은 하나뿐인 직원도 모르게 당신의 학원을 전국으로 퍼뜨릴 계획을 세웠던 모양이다.

학원 프랜차이즈가 그렇게 쉽게 되는 일인가 싶었지만 그러려니 했다. 막상 새로운 직원과 마주한 나는 고개를 갸웃하지 않을 수 없었다.

대학을 졸업하고 군대를 막 제대한 청년이었다. 학원 사업에 대한 경험도 없고 직장 생활은 처음인 듯했다.

사표를 내도 되겠구나 싶던 내 바람은 물거품처럼 사라졌다. 남의 사업이라고 나 몰라라 하고 회사를 관둘 만한 사람이 나는 되지 못했다.

그러다 알게 된 비밀 하나. 오 년을 근무한 나보다 경력도 없이 온 신입의 월급이 월등히 높다는 것. 언제부터 신입의 초봉이 올랐지? 오 년을 근무한 나보다 높아? 사장의 허세 가득한 성격을 모르는 바는 아니었지만 살짝 배신감이 들기도 했다. 그러려니 했다. 신입에게 내가 모르는 능력이 있을 것이라고 자위했다.

사장이 하고자 하는 일을 나보다 더 확실하게 해낼 것이다.

새로 들어온 직원의 출근 횟수가 늘어갈수록 나는 고개만 갸웃거렸다. 한 달이 훌쩍 지나고 두 달이 다 되어감에도 신입이 무슨 일을 어떻게 하고 다니는지 나로선 알기가 어려웠다.

사무실에서 얼굴 보기도 힘들고 어쩌다 나타나면 사장에게 출장비를 받아 또 나갔다.

밖에서의 업무가 많이 있나 보다. 아무 일도 안 하는데 공으로 월급을 주고 출장비를 내주는 건 아니겠지.

경력직으로 들어와 서른 중반을 넘긴 나보다 사장은 스물일곱의 신출내기가 사장의 비전을 현실로 옮겨주기에 더 적합하다고 여겼을 것이다.

사람은 누구나 자신이 더 간절한 일에 더 많은 비용을 치른다. 나로선 화도 나고 배신감도 들었지만 이해 못할 바도 아니었다.

칭찬을 마다할 사람은 없겠으나 사장은 남의 칭찬에 유독 약했다. 치켜세우면 그것에 부응하는 반응을 보였다. 게다가 남의 눈에 자신이 어떻게 비치는가가 더 중요한 사람이다.

나와 신입 직원을 남자와 여자라는 성별로 차별해 월급을 책정한 게 아니다. 나는 그렇다고 여겼다. 무엇보다 내 자신이 차별 대우를 받고 있다는 생각을 나는 하지 못했다.

그러다 알게 됐다. 사장과 신입 사이에 벌어지고 있는 일을. 사장은 본인의 욕망을 부추긴 직원에게 현혹되어 있었고 그 직원에겐 능력이 없었다. 그렇다고 사장이 그토록 하고 싶어 하는 학원 프랜차이즈에 군말을 얹고 싶은 마음은 없었다. 성과도 없이 사람들과 어울려 술을 마셔대는 직원에 대해서도 싫은 소리를 하고 싶지 않았다.

모든 것은 사장의 귀가 얇아서 벌어진 일이고 허황된 욕심이 부른 참사다.

"사장님, 저 이번 달까지만 근무하고 관두겠습니다."

내가 할 수 있는 말은 그것뿐이었다. 무던히 하고 싶었던 말이기도 했다.

"뭐라고! 그건 안 돼!"

사장은 벼락같이 화를 냈다.

"왜 안 되는데요?"

나는 냉정하고 또 당돌했다.

"관두려거든, 양 선생 대신할 직원을 구해 놓고 나가!"

내 생각을 돌리지 못한 사장은 그렇게 노여움을 토해냈다.

내 마음은 이미 그곳을 떠나 있었다. 오 년 동안 내 월급이 인상되지 않아서가 아니다. 경험도 없는 신입에게 나보다 많은 월급을 줘서도 아니었다. 관둘 때가 된 거라고 나는 스스로 에둘렀다.

나는 동네에 집이 몇 채 안 되는 작은 시골 마을에서 자랐다. 성장기의 나는 차별을 받는다거나 하는 느낌을 받아본 기억이 없다. 그랬다면 엄마는 없는 형편에 나를 굳이 도시로 유학을 보내지 않았을 테니까.

엄마는 유학을 가겠다는 나에게 딸이어서 안 된다는 말은 하지 않았다. 그것은 할머니도 마찬가지셨다. 언니는 읍내에 있는 여상을 다녔고 내 아래로는 남동생이 둘씩이나 있었다. 내가 도시로 가는 것을 반대했다면 그것은 당시의 집안 형편 때문이지 내가 딸이어서가 아니다.

내가 아는 우리집은 적어도 교육을 앞에 두고 딸과 아들을 차별한 적이 없다. 내가 다른 이들과 비교하는 일에 능하지 않아서일지도 모르지만.

어쨌거나 대학에 다니는 나를 불러놓고 엄마가 하는

말은 대충 이런 것들이었다. 네 친구들이 노래방에 가자 하면 너도 가서 같이 노래 부르고, 산에 가자 하면 너도 따라 산에 가고, 술을 마시자 하면 너도 같이 술을 마시고, 춤을 추러 가자 하면 너도 따라가서 춤을 춰!

엄마는 나의 대학 생활을 보지 않았음에도 훤히 꿰뚫고 있는 듯했다. 말도 없이 조용하기만 한, 사교성이나 사회성이라고는 없는.

엄마의 우려와 달리 나는 내 방식으로 대학 생활을 잘 즐기고 있었다. 하지만 엄마는 내가 친구들과 어울려 놀기를 원했다. 다른 엄마들 같으면 말렸을 것들도 엄마는 내게 적극적으로 권했다. 내가 관심도 없고 흥미도 떨어지는 그런 것들을 제발 한 번은 해보라고 등 떠밀었다.

그렇다고 친구들이 하는 것들을 나라고 안 해본 것도 아니다. 두 번은 하고 싶지 않은 것들이 태반이었을 뿐이다. 학과 동기들은 무리지어 자기네끼리 어울려 다녔다. 나는 어디에나 있지만 그들 어디에도 속하지 않았다.

혼자 캠퍼스를 누비고 다녔고 누구와도 무리 지어 다니지 않았다. 내겐 나만의 놀이가 있고 그것을 즐기려면 나는 혼자여야 했는지도 모르겠다.

후임을 구하는 광고를 냈지만 문의는 없었다. 그렇

다고 관두겠다는 말을 없던 일로 할 생각도 없었다. 나의 퇴사일은 새로운 직원을 구하지도 못한 채 빠르게 다가왔다.

퇴사 하루 전.

후임은 오지 않았다. 나는 신입 직원을 불렀다. 그동안의 내 업무에 관한 모든 것을 그에게 인수인계했다. 내 컴퓨터 안에 저장된 모든 내용을 보여주고 설명하고 그 밖의 것을 친절하게 별도의 글로 남겨 전달했다.

그리고 나의 퇴사를 사장에게 다시 보고했다. 나의 앞날이 말만 작가인 백수로 전락하게 될지라도 그런 것들은 하나도 두렵지 않았다.

"저 친구가 뭘 안다고 인수인계야!"

사장은 전보다 더 노발대발했다.

그 마음을 모르는 바는 아니지만 나도 참 못됐다. 그리고 이미 엎질러진 물이라 주워 담을 수는 없다.

"사장님, 왜 그러세요. 저 친구, 충분히 능력 있어요. 그래서 사장님이 저보다 월급을 더 주면서까지 뽑은 직원이잖아요. 저는 저 친구가 그만한 능력이 충분히 있다고 믿거든요."

"뭣이라?"

사장은 벌겋게 달아오른 얼굴로 말을 더듬었다.

"퇴직금은 안 주셔도 돼요. 사장님 대출금 갚는 데 보태세요."

나는 하지 않아도 될 말을 해버렸다. 쥐가 고양이를 생각해주는 것도 아니고 이게 무슨 경우람. 어차피 받기는 어려울 것이다. 주지도 않을 것이다. 나는 호기를 부렸다.

나의 퇴직금은 사장에게 건네는 그동안의 내 집필실 월세다. 그렇게 생각했다.

사장은 붉으락푸르락한 얼굴로 일언반구도 없이 사장실로 쌩하니 들어갔다. 내가 퇴근할 무렵까지 밖으로 나오지 않았다.

마지막 월급을 받기까지 내가 속을 끓인 것은 두말할 나위도 없다. 어찌되었건 사장의 속을 뒤집어 놓은 사람은 나다. 퇴직금까지 챙겨주진 않겠지만 사장이 내 마지막 월급을 떼먹지는 않을 것이다. 그런 믿음으로 나는 기다렸다. 퇴사 한 달이 지나고 나서야 일이 겨우 해결됐다.

우리는 페미니즘이 필요한 시대에 아직 살고 있다.

사회생활을 하는 동안, 차별의 순간을 내가 당하지 않고 살아왔다고 확언할 수는 없다. 비록 내가 차별을

피부로 느끼지 못하고 지나왔다고 하더라도 말이다.

그럴 때마다 나는 엄마를 떠올린다. 나를 차별해 키우지 않은 나의 엄마를 말이다.

"하고 싶은 게 있으면 그냥 해." 엄마는 항상 그랬다.

지금도 여전하다. 엄마는 팔순이 가까운 연세에도 나보다 청춘이다. 해보고 싶은 것이 너무나 많은 청춘이다.

쓸데없는 걱정을
미리 사는 건 좀

안경 없이는 글을 쓰는 것도 책을 읽는 것도 할 수 없는 시기가 유난히 빨리 왔다. 시력 하나만큼은 자신했는데, 휴대폰 문자 하나도 안경을 쓰지 않으면 볼 수가 없는 지경이 됐다.

큰 글씨와 작은 글씨를 동시에 봐야 하는 강의 시간에도 마찬가지여서 불편한 점이 한둘이 아니다. 안경을 쓴 다음에도 나의 눈은 해마다 안 좋아졌다.

의사는 내게 노안수술을 권했다. 헉! 안경 없이 나갔다가는 완전 눈뜬장님이 따로 없었지만 수술을 하고 싶은 마음은 조금도 들지 않았다. 내 몸의 변화를 거스르고 싶지 않았다. 시간을 역행하여 내가 얻을 수 있는 것들의 가치가 그다지 커 보이지 않기도 했다.

다만, 볼 수 없는 글자의 크기가 해마다 한 포인트씩 늘다 보면 나중에는 대문짝만 한 글자도 읽지 못하게 되는 건 아닌가 싶은 것이다.

시력을 잃게 되면 그땐 어떡하지? 책이야 오디오가 읽어준다지만 글을 쓰는 일은 어떻게 하지? 누구의 간섭도 없이 평생 내가 할 수 있어서 선택한 이 일을 할 수 없게 되는 건 아닌가? 자판을 외우면 원고를 쓰는 일이야 얼마든지 가능하지. 눈을 뜨고도 오탈자를 내는 마당에 매끈한 원고를 써내는 그런 일이 과연 가능할까?

나는 쓸데없는 상상으로 내 근심을 키워갔다.

그를 만난 것은 그 무렵이었다. 내 자신이 앞을 볼 수 없게 되면 그땐 어떻게 하나, 이런 쓸데없는 고민을 진지하게 하던 그때. 그는 지팡이 하나를 앞세우고 내 강의실에 나타났다.

강의실 문을 열고 들어오는 그의 모습을 본 순간 나는 얼어 붙었다. 멀쩡한 눈으로도 하기 힘든 게 글쓰기였다. 매주 한 편씩 글을 써내야 하고 동료들의 글을 읽고 분석하는 것도 매주 해야 하는 과제 중 하나다.

그 과정들을 그가 해낼 수 있을까?

그가 맨 앞의 자리를 찾아 착석할 때까지 내 안의 의문들이 서로 맞부딪혔다.

나의 글쓰기 수업에 나오는 사람들은 십대부터 팔십대까지 다양하다. 글을 잘 쓰고 싶어서. 본인의 자서전을 꾸리고 싶어서. 글로 우울증을 달래고 싶어서. 문학이 좋아서. 그냥 사람들과 이야기하는 것이 좋아서. 수업을 찾는 사람들의 이유도 가지각색이다.

세대 간의 격차에서 오는 갈등을 중재하는 일도 내게는 쉽지 않았다. 십대는 십대만의 패기로 다른 사람의 글을 신랄하게 분석했다. 육칠십 대의 어르신들이 십대의 합평에 언짢아한 것은 두말할 것도 없다.

고작 중학생인 네가 뭘 안다고 내 글을 난도질해.

직접적으로 대놓고 말하진 않았지만 불쾌함을 억누르지도 않는다. 그분들은 이미 오만 인상을 쓰는 것으로 그렇게 말하고 있다.

어린 학생은 단순히 글쓰기의 방식에 대한 의견을 말한 것이지만 그분들은 당신의 인생을 난도질당한 느낌을 받기도 한다는 것을 나도 모르진 않는다.

글쓰기 수업이 특정 대상을 수강생으로 받는 것이

아니다 보니 전 세대가 섞이는 것은 특별한 일이 아니다. 다만, 그들 모두를 아우르기는 쉽지 않다. 세대 간의 견해 차이는 글쓰기 수업에서도 피해갈 수 없는 문제다.

세대 간의 이해는 물론 어린 학생일지라도 한 인격체로 대우해주지 않고서는 공정한 합평이 이뤄지기 힘들다. 그래도 글이 좋아서 오신 분들이니 나의 몇 마디 말로 기분을 풀기도 한다. 하지만 칠팔십 대와 십대의 보이지 않는 충돌은 줄다리기의 힘겨루기만큼이나 팽팽하다.

그 줄다리기 사이에서 나는 늘 중심을 잡고자 노력한다. 어린 학생의 의견이 얕잡히지 않기를 바라고 칠팔십 어른의 말에 전적으로 동조하지도 않는다.

지위고하를 떠나, 나이를 떠나, 성별을 떠나, 직업을 떠나 내 수업에 글을 쓰기 위해 온 사람들. 그들은 글 앞에서 모두 동격이다.

인생의 강을 건너온 그분들의 삶을 나는 누구보다 존중한다. 인생 굽이굽이에 박힌 우여곡절을 이겨내고 살아서 여기까지 나의 교실까지 오신 분들이다.

아침이 되면 영원히 깨어나지 않거나 마흔쯤으로 나의 생이 점프해 있기를 간절히 원하던 날들이 내게 있었다. 그런 일은 일어나지 않았고 인생의 나이조차 거저

먹는 게 아니라는 것을 나는 안다. 부딪치고 깨지고 단련되고 극복하는 과정을 무수히 반복해야 한다.

나이 먹은 게 무슨 유세냐고 할지 모르지만 나이를 먹다 보면 알게 되는 것 같다. 공짜 같은 그 나이도 허투루 거저먹는 게 아니라는 것을.

내 수업에 온 어르신들의 나이 유세만큼은 나는 귀엽게 받아준다. 그 연세에 내 수업에 와 있다는 것만으로도 그럴 자격은 충분하다.

그 유세가 어린 학생에게 건너가지 않기를 바랄뿐.

시각장애인 수강생의 얘기로 다시 돌아와서, 나의 걱정은 터무니없는 것이었음을 먼저 밝힌다. 그가 잘해 낼 수 있을까가 아니라 내가 얼마나 편견 없이 그를 대하는가가 더 중요하다. 그가 나타남으로써 시험대에 오른 것은 수강생인 그가 아니라 선생이 나였다.

그는 글쓰기 과제를 누구보다 잘 해왔고 남의 글을 읽고 평하는 데에도 뛰어났다. 보지 못한다고 해서 글을 쓸 수 없을 것이란 내 생각은 턱없이 짧고 어리석었다.

나는 그가 써온 글을 읽는 게 좋았다.

어둠의 세상에서 건져 올린 그의 글을 처음 접했을 때는 살이 떨리는 전율을 느꼈다. 이토록 생생한, 날것의 글이라니. 그가 아니라면 쓸 수 없는 독특한 글의 세계가 그 안에 오롯이 들어앉아 있었다.

그가 수업에 잘 적응할 수 있을까 하는 내 걱정은 쓸데없었다. 그가 볼 수 없음에도 어떻게 글을 쓰고 남의 글을 읽어올 수 있는지에 대해서도 나는 후에 알게 되었다. 시각장애인들이 사용하는 특수 자판이 있고 자판을 읽어주기 때문에 자신이 무슨 글자를 입력했는지 알 수 있었다. 동료들이 카페에 올려놓은 원고도 읽어주는 시스템을 활용하면 되는 것이었다. 그 과정이 결코 만만치 않다는 게 문제지만 어쨌든 생각을 나누고 서로의 글을 나눠 읽는 것만으로도 그의 글쓰기는 충분히 완벽했다.

내 수업에 재미를 붙인 그는 자신의 아내와 내 수업이 종료되던 그때까지 함께 다녔다. 그의 아내 역시 앞을 보지 못했지만 내가 걱정할 일은 이미 사라진 뒤였다.

그들 부부에게 집을 나서는 것은 전쟁터에 뛰어드는 것과 같은 일이다. 어떤 위험이 도사리고 있을지 알 수 없다.

그가 총알이 빗발치는 전쟁터를 휘젓고 집에 돌아와서는 오늘도 무사했다고 안도하며 식은땀을 닦아내는 모습이 내 눈에 선하다.

언젠가 한번은 동네에서 우연히 그와 마주쳤다. 반가운 마음에 그의 이름을 화들짝 불렀다. 그가 고개를 돌렸다. 나는 그와 환담을 나누고 그가 먼저 자리를 뜨기를 기다렸다.

"왜, 안 가세요?"

그가 머뭇거렸다.

"내가 가야 할 방향을 잃어서요."

아차, 싶었다. 그의 주의를 분산시키는 일은 하면 안 되는 거였다. 그가 자신의 목적지를 내게 알려왔다. 그가 있는 위치와 방향을 바로잡아준 다음에도 나는 그곳을 벗어나지 못했다. 지팡이에 의지해 나아가는 그의 뒷모습을 꼼짝 않고 서서 지켜봤다.

제대로 갈 수 있을까.

진실로 그가 전쟁터를 가로질러 가는 것을 지켜보는 기분이었다. 한참을 보다가 나는 그에게로 또 뛰어갔다. 목적지와 반대 방향으로 가고 있다고 다시 알려줬다.

"가신 줄 알았는데, 보고 계셨어요? 난 잘 간다고 간 것 같은데……."

그 와중에도 그는 환하게 웃고 있었다.

내 마음이 무너져 내렸다. 이런 일을 매일 겪을 수도 있겠다는 생각에 나의 수심은 금세 차올랐다.

그는 보지 못했다. 그 앞에서 내가 얼마나 아찔한 표정이 되었는지. 얼마나 어두운 기색을 하고 있었는지.

내 수업이 종료되고 그는 동네를 벗어나 한 시간 넘게, 그것도 지하철 노선을 갈아타는 곳에서 진행되는 글쓰기 수업을 찾아가 들었다. 그런 그를 보면서 나는 기가 죽는다. 어떤 상황에서도 그는 위트가 넘쳤다.

나라면 엄두가 나지 않는 일 앞에서도 그는 용감하다. 하모니카를 배우러 다니고 등산을 다니고 글 수업을 들으려고 서울 시내를 다 뒤진다. 그게 어디 쉬운 일인가. 앞이 보이지도 않는데. 마음에 있다고 되는 일도 아니다.

그의 열정에 나는 또 기가 죽는다. 나였다면 그렇게 하지 못했을 것을 알기에.

그가 제대로 가고 있다는 것을 확인한 나는 손을 흔들었다. 소리도 없이 그의 등 뒤에서.

그는 오늘도 총알이 빗발치는 전쟁터에서 무사히 살아남을 것이다. 집에 도착해서는 그 특유의 재치와 유머로 하루를 정리할 것이다. 말이든 글이든.

눈을 사용할 수 없다는 것은 불편한 일이다. 아니, 두렵고 무서운 일이다. 그렇다고 세상이 끝나는 것도 아니다. 지팡이 하나로 어둠을 가르고 세상을 열어가는 그 앞에서 눈이 점점 더 나빠져 보지 못하게 되면 어쩌나 하는 나의 상상은 섣불렀다.

그런 날이 오지는 않겠지만 설령 그날이 온다고 해도 미리 걱정할 필요가 없겠다. 내가 만지는 자판을 기계가 읽어줄 것이고, 자판을 만질 수 없다면 녹음기가 내 말을 저장할 것이다.

모든 일에 나보다 앞서간 이들이 어딘가에는 있다. 미리 사는 불안과 걱정은 뒤로 하고 눈앞의 일에 열중하는 편이 몇 배 낫다.

Chapter

즐겁게시리

"삶은 순간의 연속으로 이뤄져 있다.
그 매 순간을 사는 것이 곧 인생의 성공이다."

_ 코리타 켄트

혼자는 천직입니다만

어릴 적 내가 살던 고향집 위로 철도가 들어섰다. 산으로 둘러싸인 마을에 기차역이 들어서자 그 작은 산골 마을이 순식간에 휘황찬란한 도시가 된 듯했다.

깊은 밤. 달빛이 아닌 역의 조명등이 작은 마을을 대낮처럼 불 밝힌다. 기적 소리 대신 안내 방송이 마을로 흘러든다.

사방에 논과 밭뿐인 지금도 여전히 산골 마을인데.

그 시절 숲속의 내 아지트는 사라지고.

달빛에 의지해 걷던 밤의 운치도 사라지고.

산골 마을을 도시인 양 만들어버린 장항역으로 제이가 하늘하늘한 치맛자락을 흩날리며 나타났다. 제이의 웨이브 머리가 어깨 위에서 찰랑거린다.

제이는 내가 중학교 2학년이던 그 무렵의 짝꿍이었다. 눈가에 주름이 들어서기도 했겠지만 제이는 내 기억 속의 모습 그대로다. 익산에서 간호사로 일하고 있다는 제이는 장성한 자녀를 뒀음에도 변한 것이 없었다. 적어도 내 눈에는 그렇게 비쳤다.

친구들 모임에서 내 소식을 듣게 된 후로 제이는 흘러간 시간만큼 나에 대한 궁금증을 키운 모양이다.

중학교는 물론 고등학교, 대학까지 친구들 모임은 물론 동창회까지 나와는 모두 무관하다. 학교에서 만난 친구를 졸업한 후에도 계속 만나는 일이 내겐 거의 없다. 나와 같은 업종에 종사해서 만나게 되는 특별한 경우를 제외하면.

나는 사람이 모이는 곳은 죽어라고 피해 다닌다. 이런 나를 누군가는 괴팍하다거나 사회성이 부족한 인간으로 여긴다는 것 정도는 나도 잘 안다.

그래서 어쩌라고.

어쨌거나 제이의 연락은 뜻밖이었다. 실명도 아닌 필명으로 글을 쓰는, 이름도 알려지지 않은 무명의 작가인지라 웬만해서는 나를 찾아내기 어려운 까닭이다.

학창 시절을 통틀어서 나는 있는 듯 없고, 없는 듯 또 있는 그런 학생이었다. 졸업과 동시에 동창은 나와 무관한 친구들이 됐다. 고향을 떠나 살았고 제이와 함께 다니던 중학교도 폐교된 지 오래다.

내게는 나를 찾아낸 제이가 신기하고 가상할 따름이다. 내 연락처를 용케도 알아냈다. 지금이야 마음만 먹으면 SNS을 통해 연락처를 알아내는 일은 얼마든지 가능하다. 그때는 지금처럼 SNS 천국이 아니던 시절이니 제이는 인터넷 검색을 통해 나를 찾아냈다.

인터넷 검색 어디에도 내 실명이 거론되어 있을 리 만무했다. 지금도 나를 드러내는 일이 쉽지만은 않지만 그때는 인터넷 공간에 내 정보를 흘리는 것을 더 꺼렸다.

"양수련이 나란 걸 어떻게 안 거야?"

금강하구 둑 어느 카페에 자리를 잡은 내가 물었다.

"네가 뭘 하는지 중학교 친구들 모임에 나갔다가 들었어. 혹시나 싶어서 인터넷 검색을 했는데 거기에 네가 있더라."

제이는 멋쩍은 미소를 내게 흘렸다.

"그래?"

하기는 기자랍시고 기사를 쓰고 돌아다녔던 적이 없

지 않다. 주의를 기울였음에도 인터넷 페이지 어딘가에 내 정체를 흘려놓은 모양이다. 글을 쓰는 이상, 내 컴퓨터에만 보관하는 것이 아닌 이상 나를 온전히 감추기는 힘들다.

내가 내 흔적을 지우려고 애쓴 만큼 제이는 또 나를 찾으려고 엄청난 양의 인터넷 페이지를 클릭했을 것이다. 운 좋게 몇 번의 검색만으로 나를 찾아냈을지도 모르지만.

제이가 찾아낸 그곳에 내 본명과 필명 '양수련'이 나란히 공개되어 있었던 모양이다.

내 본명을 감추지 못해 어쩔 수 없이 공개해야 했던 페이지가 그 어딘가에 한번은 선명하게 남았던 것 같다.

"나를 왜 그렇게 찾았는데?"

묻지 않을 수 없다. 묻고 보니 내가 또 무지 무정한 친구 같기도 하다. 그래도 한때는 매일 붙어 있던 짝꿍이 아니던가 말이다.

"궁금해서, 네가 궁금해서."

"내가? 왜에?"

나는 뻘쭘했다.

내게는 보고 싶은 과거의 친구도, 궁금해 나를 미치게 만드는 친구도 거의 없다. 진실로 나는 무정한 친구인가 보다. 학창 시절의 친구들과 연락은커녕 내가 궁금했다는 그 말에도 의문을 내던진 걸 보면 말이다.

제이는 짝꿍이던 중학교 시절에 찍은 사진을 가져와 우리의 지난날을 소환했다. 내가 갖고 있는 앨범에도 있는 사진들.

사진이 디지털로 바뀌면서였을까. 그냥 무심하고 무정한 내 성격 때문일까. 내가 언제부터 지난 사진들을 들춰보지 않게 되었는지는 잘 생각나지 않는다.

결혼해 아이들이 장성하고 나면 학창 시절의 친구들을 떠올리게 되는 걸까. 비혼인 나는 제이가 펼쳐놓은 우리의 소녀 시절 사진을 보며 그런 생각을 했던 것 같다.

제이는 사진을 보며 달라졌을 지금의 내 모습을 궁금해했을지 모르겠으나 의문은 또 다른 곳에서 나를 두드렸다.

"네가 아는 그때의 나는 어떤 아이였어?"

제이가 나를 어떤 짝꿍으로 기억하고 있는지 알고 싶었다. 내가 궁금해 그 많은 인터넷 페이지를 넘겼을 터이니 한마디쯤은 해줄 수 있지 않을까.

제이는 내가 모르는 나의 또 다른 모습을 알고 있는 듯했다. 반듯하고 유난히 큰 제이의 대문니가 나를 향했다. 그리고 그곳에 내가 모르는, 낯설지만 알 것 같은 내가 들어앉아 있었다.

"실습 수업 시간이었을 거야. 내가 하던 거 빨리 끝내고 너와 놀아야지, 했어. 하지만 늘 마음뿐이었던 것 같아."

"아니 왜?"

"내가 내 할 일을 막상 끝내고 나면, 넌 벌써 저만치 가서 혼자서 뭔가를 하고 있거든. 넌 이미 또 다른 것을 기웃거리고 있으니, 너와 노는 일이 내 마음처럼 되진 않더라고."

"그랬구나, 내가."

나는 괜스레 미안했다. 그리고 쓸쓸했다. 나와 놀기 위해, 뭔가를 함께 하기 위해 부지런히 몸과 손을 놀렸을 제이를 내 뒤에서 머뭇거리게 만든 나는 형편없는 짝꿍이었던 거다.

또 한편으로는 그때도 나는 혼자 노는 아이였구나, 싶은 생각이 짙게 다가왔다. 친구들과 무리 지어 다니지도 않고, 단짝과 비밀스러운 얘기를 나누지도 않고, 사춘기 여학생의 수다스러움도 없이.

내 모습인 게 확실하다. 그럼에도 다른 사람을 통해 알게 된 내 모습은 낯설었다. 내가 아닌 다른 사람에 관한 얘기를 듣고 있는 것만 같았다.

"네 얘기 좀 해봐. 그동안 어떻게 살았어?"

나는 서둘러 제이의 삶으로 화제를 돌렸다.

제이는 자신의 이야기를 줄줄이 꺼내놓았다. 간호사가 된 얘기부터 남편을 만난 얘기, 자식들에 관한 얘기들을.

내가 건너온 생이 미궁에 빠진 기분이다. 타인과의 관계에 기대어 건너온 날들이 기억나지 않는다. 내 기억이 흐려서이기도 하겠으나 없어서 그런 것이기도 할 것이다.

제이가 내 앞에서 이야기를 하는 동안 나는 나와는 무관한 세상의 이야기를 듣는 사람처럼 앉아 있었다.

한때는 같은 교실에서 공부하고 같은 시간을 누려왔을 것임에도 내겐 아득하고 먼 사람의 일처럼 다가왔다. 어쩌면 같은 꿈을 꾸었지만 시간이 낳은 서로 다른 프리즘에 눈을 비비고 있는 것인지도 모른다.

제이와 나의 대화는 두어 시간을 넘기고서야 마무리됐다. 제이를 기차에 태워 보내고 돌아선 나는 제이가 한 말들을 다시금 떠올렸다.

짝꿍도 뒤로하고 나는 그때 혼자서 무엇을 했던 걸까. 생각이 나지 않는다. 엄마의 걱정을 살 만도 했다는 생각에 이제 와 웃음이 나기도 한다. 좋고 나쁘고를 떠나 엄마는 친구들과 어울리지 않는 나를 걱정했던 거다.

딸의 타고난 캐릭터를 몰랐던 엄마의 노파심.

친구들에게 따돌림을 당한다고 생각했을 수도 있으나 내가 그들을 따돌렸던 것이 더 맞지 않을까. 제이의 말을 들어봐도 그냥 혼자 꼼지락거리며 노는 일이 내게는 친구들과 노는 것보다 훨씬 더 흥미로웠던 모양이다.

직원이 한 명뿐인 회사를 혼자여서 좋다고 몇 년씩 다닌 것만 봐도 그렇다. 내 사회성을 문제 삼아 졸업이나 할 수 있을지 걱정스러웠다는 대학 선배의 말까지 더하면, 나는 혼자형 인간이 분명하다. 그렇다고 이기적인 인간형이란 뜻은 아니다.

일인가구가 해마다 늘어가고 '혼밥'이니 '혼술'이니 하는 단어들이 아무렇지 않게 쓰인다. 자고로 혼자가 익숙한 혼자의 시대가 됐다. 혼자가 일상인 시대가 됐다.

혼자 다니고, 혼자 놀고, 혼자 생활하던 나의 일상이 다른 사람의 걱정을 샀다면 이제는 아니다. 왜 결혼하지 않느냐고 내게 뜨악한 눈길을 보내지도 않는다. 비혼이라고 위기의식을 느끼지도 않는다.

그렇게 혼자 오랜 시간을 보내면 외롭거나 우울증이 생기지 않느냐고 누군가는 염려도 한다. 그런 걱정은 넣

어두라고, 아니 쓰레기통에 버려달라고 정중하게 청하는 바다.

나는 어쩌면 내가 갖고 태어난 캐릭터상 혼자의 시대를 남들보다 일찌감치 누렸던 것인지도 모르겠다. 혼자라고 외로움을 잘 타지도 않고 혼자 있는 고독의 시간이 더 달콤한 것을 보면.

나의 혼자는 어릴 때부터 내 몸에 익어온 나의 생활이다. 고독함으로 다가오는 시간들은 나를 풍요롭게 만든다. 사색하게 만들고 상상하게 만들고 글을 쓰게 만든다.

그리고 노련해진 혼자는, 둘이서도 잘 놀고 셋이서도 잘 놀고 여럿이서도 잘 어울린다. 혼자는 내게 천직이나 다름없고 자못 지금은 '혼'자인 사람들의 시대다. 여섯이 있어도 혼자고 셋이 있어도 혼자고 둘이 있어도 혼자다.

나는 내게 최적화된 혼자의 삶을 살아왔고 살아가고 있을 뿐이다. 그리고 혼자는 누구에게나 천직이다. 결혼을 했든 안 했든. 가족이 있든 없든.

떼 토크를 즐기듯
일상을 즐깁니다만

최근 들어 북토크에 가는 일이 늘었다. 주변에 작가 친구가 많아서 그렇기도 하고 책이 잘 팔리지 않으니 출간과 함께 진행되는 홍보성 이벤트에 힘을 더해 주기 위해서이기도 하다.

어쨌거나 내 주변의 작가들이 왕성한 작품 활동을 하고 있다는 뜻이기도 하다. 북토크를 다니면서 내가 몰랐던 동료작가의 이야기를 하나씩 알게 되는 재미도 쏠쏠하다.

나의 작가 생활은 시나리오로 시작해 미스터리 소설

과 아동물을 쓰게 되는 과정을 거쳐 왔다. 책을 내기는 했으나 시나리오 작법서와 동료 작가들과의 공저가 태반이라 북토크를 기대하기는 어려웠다.

그러다 한국추리문학선과 만났다. 처음 쓴 추리소설이었는데 내 책은 시리즈 첫 권으로 출간됐다. 일 년 사개월 만에 여덟 권의 시리즈가 출간됐고, 북토크를 한번 하자는 동료 작가들의 의견이 모아졌다. 단편선의 작가들이 함께하는 북토크를 본 뒤라 시리즈 단행본 작가들이 함께하면 더 재밌지 않을까 싶었다.

그렇게 시리즈에 참여한 여섯 명의 작가들이 뭉쳐 떼토크를 기획했다. 여섯 명의 작가가 등장하니 주마간산격으로 진행할 순 없었다. 나름 준비를 철저하게 했다.

우리 떼 토크의 첫 무대는 2019년 8월 31일 토요일 남산의 서울유스호스텔에서 개최한 여름추리소설학교였다.

학교 수업이라는 형식을 빌린 점과 참석자들의 성향을 고려했다. 여섯 명의 작가가 무대에 서기는 하나 각자의 책에 관한 얘기는 생략했다. 대신, 다섯 명의 작가들이 저마다의 창작법과 작가로 살아가는 일상을 이야기했고 내가 사회를 봤다.

윤자영 작가의 생명과학에 얽힌 트릭, 공민철 작가

만의 남다른 창작법, 김재희 작가의 오랜 작가 생활을 이어가는 노하우, 양형조사관인 홍성호 작가의 남다른 이야기가 무대에 올려졌다. 글을 쓰는 작가들의 서로 다른 생활을 들여다볼 수 있는 시간이었다.

우리의 두 번째 떼 토크는 첫무대 이후, 이십여 일 만에 다시 이뤄졌다. 은평구 연신내에 있는 니은서점에 서였다. 독자와 가까이에서 얼굴을 대면하고 진행되는 하이엔드 북토크다.

사실 처음의 북토크는 미숙함이 좀 있기도 했다. 하지만 두 번째는 서점 북토크인지라 전과는 다른 방식으로 즐기고 싶었다. 동네 사랑방 같은 서점이라는 점을 고려하고 북토크에 참여하는 작가보다 독자가 더 적게 오면 어쩌나 하는 우려 속에 독자와 작가가 함께하는 좀 특별한 북토크를 기획했다.

그동안 내가 경험한 북토크는 작가의 창작기거나, 책에 대한 내용을 다루거나, 작가의 전문 지식을 방출하거나 하는 방식이었다. 작가는 말하고 독자는 듣기만 하는.

여섯이나 되는 작가의 창작 과정이나 삶을 한정된 시간에 풀어놓을 순 없다. 독자와 추리 작가의 한판 놀이가 되면 좋겠다 싶었다. 한 명의 독자가 온다면 작가가 독자를 인터뷰하는 시간을 갖는 것도 좋겠고, 여섯 명의 독자가 참석한다면 작가와 일대일로 노는 북토크도 재밌을 것이고, 운이 좋아 서점을 가득 메워준다면 독자와 미스터리 게임을 벌일 것이다.

독자가 적극 참여해 벌이는 추리 작가들과 미스터리 토크. 생각만으로도 즐겁지 않은가.

9월 19일 목요일 오후 7시 30분. 니은서점은 북토크를 찾아준 사람들로 빈틈이 없었다. 서점의 문이 닫히고 그 안에 있는 독자들은 작가의 얼굴을 가까이에 두었다.

작가들의 이야기 하나하나에 집중했다. 작가들은 각자 작가가 되기까지의 과정을 자신의 작품 속 인물에 투영하여 연기했다. 동료 작가들의 연기는 나의 상상보다 뛰어났고 훌륭했다.

우리의 소설을 읽은 독자라면 미스터리 북토크의 비밀을 충분히 밝혀낼 수 있을 터였다. 그런 생각을 하며 다음 순서를 열심히 떠올리고 있는 내게 의외의 복병이 나타났다. 작가들의 이야기가 자신의 소설 속 캐릭터라는 것을 출연진 누군가 누설하고 말았다. 진행을 본 내가 작가들에게 미리 자세한 내용을 알리지 않은 터라 미스터리 토크가 엉뚱하게 흘러버렸다.

나는 당황했지만 그렇다고 다 끝난 건 아니었다. 두 개의 미스터리 중 하나는 작가들이 밝혀버렸고 그래도 남은 하나가 더 있으니 다행이었다. 두 번째 미스터리 문제를 앞당겼다. 여섯 명의 작가 중 누군가는 소설의 캐릭터가 아닌 자신의 이야기를 했다는 것.

그 작가가 누구인지 알아맞혀라!

그날에 참석한 독자는 추리 작가에 대한 경험이 그리 많지 않았던 것 같다. 아니면 작가들의 연기가 그들을 감쪽같이 속일 만큼 노련했거나. 참석자들은 소설 속 주인공의 이야기를 떠올리면서도 작가가 주인공으로 분했다기보다는 작가의 삶이 그렇기에 그런 소설이 나왔다고 여겼다.

작가의 수고로움에 독자가 그냥 속아준 것인지도 모를 일이지만 내가 그들에게 느낀 것은 '아, 작가가 소설 주인공과 같은 삶을 살았구나'였다.

순문단의 작가라면 충분히 그럴 수도 있을 것이다. 하지만 범죄가 핵심 사건인 추리소설에 자신의 경험을 녹일 수 있는 추리 작가가 몇 명이나 될까. 범죄를 직접 경험하고 쓰는 추리 작가가 실제로 있기나 할까.

참석자 세 명이 미스터리를 풀었다. 니은서점의 단골 고객님과 마스터 북텐더님 그리고 억세게 운 좋은 사나이님이. 작가들이 준비한 소정의 포상을 그 세 분이 사이좋게 나눠 받아 갔다.

작가와 독자가 함께 어울린 미스터리 북토크. 내 의도를 벗어나 예기치 못한 상황이 벌어지기도 했지만 그래서 또 즐겁고 만족스러웠다. 출연진의 실수를 면전에서 보는 독자들은 무슨 일인가 싶어, 또 흥미진진했을 테니까.

무엇이든 계획대로만 진행되는 것은 재미없다. 대단하지는 않았지만 한바탕 즐기기에는 부족함이 없는 북토크였다. 뒤늦게 도착한 분들이 문 닫힌 서점 앞에서 시간을 보내기도 했으니 우리의 미스터리 북토크는 가히 성황이었다 할 만했다.

그리고 9월 26일 우리의 마지막 미스터리 북토크가 교보문고 천호점에서 이뤄졌다. 오픈된 장소, 수시로 들어오는 독자. 예상하지 못했던 상황들이 우리 앞에 또 놓였다. 한 치 앞을 내다볼 수 없는 우리의 인생처럼.

동료 작가들의 순발력은 뛰어나서 우리의 미스터리 북토크는 우왕좌왕하는 그 안에서 새로운 질서와 규칙을 찾아 앞으로 나아갔다. 함께여서 용기를 냈고 함께여서 즐거웠고 함께여서 새로운 시도를 해나갈 수 있었다.

나 혼자였다면 생각하지도, 시도도 하지 않았을 것들이다. 혼자 보내는 시간도 좋지만 때때로 여럿이 함께 새로운 시간을 만들어가는 것도 의미 있는 일이다.

처음 경험하는 것들을 기획하고 상상하며 시전해보는 일은 항상 흥미롭다. 스트레스가 조미료처럼 첨가되기도 하지만 말이다. 그 스트레스야말로 새로운 경험을 할 수 있는 세상을 열어줄 묘약이다.

성공은 큰 것을 이루는 데에 있지 않다. 내 앞에 놓인 것들을 해결하거나 새롭게 열어가거나 하는 것들에 있다.

보잘 것 없는 일일지라도 이룸이 지속되면 자신감이 생긴다. 어떤 일이든 즐겁게 할 수 있다. 작고 평범한 일들을 이뤄내고 나의 경험으로 만들어가는 것은 그래서 중요한 것 같다.

지금의 현실로는 불가능하다면 상상으로라도 이뤄본다. 만약이란 가정은 이럴 때 유용하다. 상상하고 결말을 향해 치달아본다. 그 과정을 만끽하는 즐거움을 먼저 홀로 누려본다.

눈부신 하늘이 곁에 있어도 좋고 부슬부슬 내리는 빗속이어도 괜찮고 혼자만의 방이어도 상관없다. 내가 하는 상상은 늘 내가 원하는 것 그 이상을 보여준다.

상상은
현실의 또 다른 버전입니다만

삶의 고민은 나이를 먹는다고 사라지지 않는다. 줄어들지도 않는다. 일 년을 살면 일 년의 고민이, 십 년을 살면 십 년의 고민과 문제들이 뒤따라온다.

고민 없는 사람은 없으니 고민은 누구에게나 평등하게 주어진다고 해야 할까.

내 일상을 찾아오는 고민들은 그저 애교에 지나지 않는다.

때때로 나는 이십대에 했어야 할 고민과 갈등을 지금도 여전히 하고 있다는 생각에 뜨악한다. 진로. 직업.

연애. 결혼. 꿈. 이런 등등의 것들 말이다.

평생직장의 개념은 사라졌고 이혼과 재혼이 빈번한 세상이 되었고 인간의 수명은 의료 기술의 발달 덕분에 길어졌다.

시대의 변화를 생각하면, 과거에는 이십대에 주로 했을 고민들을 나이와 상관없이 전 연령대에 걸쳐 하는 게 전혀 이상하지 않다.

나라고 특별히 다를까. 나이를 먹어도 여전히 진로를 걱정하고 일을 찾는다. 결혼하지 않아도 아름다운 사랑을 갈구하고 멋진 인생을 꿈꾼다.

언젠가, 칠십 중반의 어르신이 내게 일자리 고민을 털어놓았을 때 나는 적잖이 충격을 받기도 했다. 일상이 무료해서 어떤 일이든 하고 싶어 찾는 일자리였다면 어안이 벙벙하지 않았겠다. 문화강좌를 찾아다니며 듣는 분이다. 정부에서 주는 고령연금을 받을 것이고 내 수업의 수강료도 그분들에겐 무료다.

그분의 사연을 듣자 하니 내 마음이 다 착잡했다.

마흔 넘은 아들이 사업에 실패해 부모의 집으로 들어온 것이다. 하기야 방황하던 그 시절, 낙향해 엄마 곁에서 무위도식했던 때가 내게도 있었으니 이해 못할 바는 아니다.

빚만 남은 아들이 방에 틀어박혀 잘 나오지 않고 친구를 만나는 일조차 없다 하니 그분의 시름에 나까지 땅이 꺼진다. 가족과 한 상에서 밥 먹는 일도 없다. 집을 팔아서라도 아들의 빚을 해결해주고 싶은데 남편의 반대가 완강하다.

저택도 아니니 팔아치우면 적지 않은 연세에 지낼 곳을 찾기도 마땅치 않은 상황이라 그 또한 이해가 된다.

마흔 넘은 아들을 걱정하며 당신의 취직을 부탁하는 그 마음이 무던히도 아렸다. 오죽 답답하면 나이 어린 선생도 선생이라고 내게 털어놓았을까. 고작 글쓰기 선생이나 하는 내게 말이다.

삶은 나이를 먹어도 만만해지지 않는다. 언제, 어떤 일과 맞닥뜨리게 될지 알 수 없다. 가족이 있다면 그 수만큼 안 좋은 일도 겪겠지만 또 그 수만큼, 아니 더 많게 좋은 일들을 경험하고 살지 않을까.

비혼인 나는 나이를 먹어도 현실과는 좀 동떨어진 삶을 산다. 나 하나 책임지는 일로 소일하는 내가 남편과 자식의 일상을 건사해야 하는 그분의 심정을 온전히 헤아린다는 것은 어려울 것이다.

초록 지붕의 빨강머리 앤은 자신의 불운함을 이겨내

기 위해 상상을 즐기고 사람들과 어울려 수다를 떨었다. 당혹스럽거나 난감하거나 슬픔에 빠졌거나 절망스럽거나 죽고 싶거나 그 어떤 순간에도 상상력을 발휘할 수 있다는 것은 엄청난 힘이다.

비단, 창의력을 요하는 직업군에 있는 이들이 아니더라도 말이다. 상상은 현실의 또 다른 버전이다. 생각을 바꾸는 것만으로도 삶의 고비를 슬기롭게 넘길 수 있다. 그럼에도 불구하고 우리는 이미 고아 소녀 빨강머리 앤이 아니다. 칠십대의 노년에게 암울한 현실은 그대로의 암울한 현실일 뿐이다.

상상하는 일이 쉬운 것만도 아니다. 내 마음처럼 상상력이 발휘되지 않을 때도 많으니까. 하물며 창의력을 요하지 않는 삶에 있는 분들이야 두말해 무엇하랴.

내 상상력의 한계를 뛰어넘는 이들을 만나면 부러움을 넘어 존경스럽기까지 한데 말이다.

그렇더라도 말이다. 삶 안에서 상상하는 능력은 창의를 요하는 작가뿐 아니라 평범한 일반인에게도 아주 중요하다. 자신의 현실을 딛고 자라나는 상상은 늘 흥미진진하고 삶을 다채롭게 만들어준다. 도전하게 만들고 모험하게 만든다.

원리원칙주의자였던 내가 상상이란 것을 감히 놀이

로 삼기까지는 실로 많은 시간을 흘려 보냈다. 지금도 제대로 상상력을 발휘하고 있다고 자신할 순 없다. 그러나 나의 상상이 내 일상의 곁가지로 자라기 시작하면서 나는 조금씩 삶의 자유와 여유를 얻었다.

꿈에서 만난 사람을 현실에서 만나듯, 내가 만든 상상이 나의 현실이 아니라고 어떻게 부인할 수 있을 것인가. 그것이 나의 진짜 인생이 아니라고 어떻게 말할 수 있을 것인가.

나의 꿈과 현실과 상상을 구분 짓는 일은 무의미하다. 장자의 '호접지몽(胡蝶之夢)'처럼 그것들은 나의 무의식을 관통하는 나의 또 다른 현실이고 내 삶의 한 부분인 것을.

방에 콕 박혀서 평생을 살게 될지라도 나는 내 삶이 무미건조한 것이 아님을 안다. 상상력을 발휘한다는 것은 새로운 세상을 경험하는 일이다. 내 상상의 현실에 있자면 무료할 틈이 없다. 끝없이 속살거리는 상상은 귀찮지도 않다.

나의 상상력은 지나온 내 삶의 성실한 안내자였다. 또한 내 곁을 떠나지 않는 일생의 반려(伴侶)다.

최악의 상상이
현실이 되더라도

새롭게 시작하는 일에 앞서 나는 최악의 경우를 먼저 떠올린다. 내가 하고자 하는 일이 잘 안됐을 때를 대비하기 위해서다. 최악의 상황을 시뮬레이션하고 그 상황을 내가 감당할 수 있다면 그제야 생각한 것을 실행에 옮긴다.

누군가에게는 나의 방식이 당연할 테고 누군가는 왜 그렇게 부정적이냐고 눈살을 찌푸릴지 모른다. 낙천적이거나 긍정적인 사람은 최악의 상황을 미리 떠올리지 않는다. 그들은 호기롭게 일을 벌이고 실패하더라도 경험으로 남길 것이다.

내 꿈은 고속도로를 달려오지 않았다. 국도를 타고 빙글빙글 돌았다. 비포장 길을 걷기도 하고 비탈길을 위태롭게 오르기도 하고 진흙탕에 빠지기도 했다.

더디고 느린 걸음으로 여기까지 왔다. 내 안의 문제라면 얼마든지 스스로 헤쳐갈 수 있다. 하지만 문제는 내게서만 생겨나지 않는다. 외부로부터 오는 문제들이 있다. 내 노력만으로는 어쩔 수 없는 지점들이 분명 있다.

내 일상을 바꾸고 싶은데 그게 잘 되지 않을 때가 있다. 일상을 바꾼다는 것은 인생을 바꾸는 일이다. 순조로울 턱이 없다.

더는 버티기 힘들다고 생각했을 때 나는 낙향했다. 서른 무렵이었다. 엄마의 곁에서 육 개월을 무의도식하며 지냈다. 책을 보는 일도, 뭔가를 상상하는 하는 일도, 내 꿈을 가꾸는 일도 하지 않았다.

엄마는 빈둥거리기만 하는 내게 그 무엇도 재촉하지 않았다. 엄마는 내게 맛있는 것을 먹이고 옷을 사주고 수시로 나와 놀았다. 열일곱에 떠났던 딸이 십 수년 만에 집으로 돌아왔으니 엄마는 그냥 신났다. 속으로야 내 미래를 걱정하기도 했겠지만 내게 들킨 적은 없다.

오토바이에 겁도 없이 시동을 걸었다가 아찔한 사고

를 경험했을 때도 엄마와 나는 비밀을 간직한 친구처럼 서로의 눈짓을 주고받았다. 깨진 오토바이를 확인하는 동생을 시치미 떼고 바라봤다.

오토바이를 탈 줄도 모르면서 만지작대다가 얼결에 시동이 걸리고 만 것이다. 사실을 안 동생이 죽으려고 환장했느냐며 윽박을 지르는 순간에도 엄마와 나는 동생 몰래 웃음을 주고받았다.

엄마의 곁에서 무위도식한 날들은 행복했다. 걱정도 근심도 들지 않았다. 이상하게도 마음이 편했다. 내 미래가 걱정스럽지도 않았다. 이런 날들이 없었다면 독립해 전업 작가로 사는, 무위도식이나 다름없는 이런 날들이 견디기 힘들었을지도 모르겠다.

"병원에서 저더러 폐렴이라지 뭐예요."

"네에, 그게 무슨 말씀이신지?"

수강생이었던 엠의 전화는 느닷없었다. 나는 어리둥절했고 엠은 들떠 있었다. 그러면서 문학적으로 살고 있다며, 한 옥타브 올라간 목소리를 냈다.

"아, 그거 있잖아요. 옛날에 문학하는 사람들 보면 폐병에 많이들 걸렸잖아요. 그러면서도 소설을 쓰고. 제가 지금 그분들이 걸린 병에 걸린 거예요. 그래서 병원을 오가며 살고 있어요. 호호호."

나는 잠시 멍했다가 이내 웃음을 터트리고야 말았다.

살아서 벌어지는 모든 일들을 엠처럼 생각할 수 있다면 어떤 경우에도 최악의 순간과 조우하는 일은 없을 것이다. 최악이 최악이 아닐 테니까.

생명이란 것을 공으로 얻었잖은가 말이다. 부모의 노력이 있었더라도 나에게는 공짜로 주어진 생명인 것이다. 인생이 내 생각처럼 내 뜻대로 굴러가지 않는다고 화내지 않아도 된다. 내 생각처럼 되지 않았을 때, 더 많은 것을 경험하고 새로운 것을 얻게 될지 또 어떻게 알겠는가.

내 생각이 전부는 아니다. 그 생각을 내려놓고 마음을 비우는 일이 쉽지는 않다. 하지만 말이다. 내려놓고 비우면 말이다. 그 즉시, 자유가 바다를 이룬다. 다시 시작할 수 있다. 생각만큼, 어쩌면 그 이상으로 삶을 누릴 수 있다고 나는 장담한다.

지금껏 내가 상상한 최악의 '만약'과 맞닥뜨린 적은 없다. 어쩌면 말이다. 그 최악의 상황에 이미 있었는지도 모르겠다. 최악의 순간을 내가 모른 채 건너왔을지 어떻게 알겠는가.

벌어지지도 않을 '만약의 상상'을 지나치게 준비하

는 것 아니냐고, 너무 피학적이지 않느냐고 말할지도 모르겠다. 혼자를 살아낸다는 것은 오로지 자신을 의지가지 삼는 일이다.

최악의 경우를 떠올리는 일은 내게 전쟁터에 나가기 전에 무기를 버리고 갑옷을 챙겨 입는 것과 같다. 최악은 상상으로 경험했고 두려울 것은 없다.

'만약'이란 현실의 시뮬레이션 보험을 하나쯤 들어두는 일은 나쁘지 않다. 어떤 상황이 내 앞에 펼쳐지더라도 당혹스럽거나 난감해하지 않게 될 테니까. 웃을 수도 있을 테니까.

진짜 최악의 '만약'과 맞닥뜨리게 되더라도 도망갈 필요는 없다. 기지개를 한 번 켜고 운동화 끈을 다시 질끈 묶고 허리에 양손을 얹는다. 그리고 저 먼 곳을 어금니 악물고 응시한다. 내 깜냥만큼 대적해주는 일만 남았다. 그뿐이다.

자, 이제 또다시 시작이다!

"상상력은 지식보다 중요하다."
– 앨버트 아인슈타인

작가의 덧말

나의 배움과 내가 만든 이야기는 얼마든지
나눌 것이다. 그럴 수 있다면.
그것이 내 직업이니까. 그렇더라도
내 삶의 이야기를 나누는 일은 없을 것이라 다짐했다.
혼자의 삶에 특별할 것이 뭐가 있을까 싶지만서도
있더라도 남들에겐 흥미 없을 것이 확실한 것들!
벽장 안에 숨겨둔 꿀단지의 달콤함을 즐기듯 훗날,
나 홀로 곱씹고 피식거릴 내 인생의 갈피가
어딘가에 남아 있기를 원했던 것인지도 모를 일이다.

나 홀로 울고 웃고 아파해도 충분한

그 일들을 타인과 나누게 됐다.

집 안 깊숙이 숨겨놓았던 귀중품을 꺼내다

전당포에 맡기는 기분이랄까.

좌판을 펼친 기분이랄까.

앞으로의 삶이 있음에 내 인생의 한 자락을 두고

전당포 주인과 흥정하는 기분이다.

그 기분을 뉘라서 알 것인가.

그럼에도 불구하고

나의 짧은 인생을 투덜대지 않고 즐길 수 있게 해준

내 삶의 갈피를 채워준 등장인물들과

내 생에 관계했던 특히 이 책에 등장해준 분들에게

그저 고마울 따름이다. 한편으로 미안하다.

순전히 나의 기억이고 생각이고

나의 입장인 것이어서. 역사는 승자의 기록이고

에세이는 개인의 기록임을 밝히는 바다, 전적으로

나의 기록이다.